प्रतिनिधि कहानियाँ

असग़र वजाहत

सम्पादक

पल्लव

राजकमल पेपरबैक्स

राजकमल पेपरबैक्स में
पहला संस्करण : 2022
दूसरा संस्करण : 2024

राजकमल पेपरबैक्स : उत्कृष्ट साहित्य के जनसुलभ संस्करण

राजकमल प्रकाशन प्रा.लि.
1-बी, नेताजी सुभाष मार्ग, दरियागंज
नई दिल्ली-110 002
द्वारा प्रकाशित

शाखाएँ : अशोक राजपथ, साइंस कॉलेज के सामने, पटना-800 006
पहली मंजिल, दरबारी बिल्डिंग, महात्मा गांधी मार्ग, प्रयागराज-211 001
1, अनमोल सोराबजी संतुक लेन, धोबी तलाव, मरीन लाइंस, मुम्बई-400 002

वेबसाइट : www.rajkamalprakashan.com
ई-मेल : info@rajkamalprakashan.com

बी.के. ऑफसेट
नवीन शाहदरा, दिल्ली-110 032
द्वारा मुद्रित

मूल्य : ₹ 199

PRATINIDHI KAHANIYAN
Representative Stories of Asghar Wajahat
Edited by Pallav

ISBN : 978-93-93768-64-3

भूमिका

नयी कहानी के आन्दोलन के बाद हिन्दी में अनेक कहानी आन्दोलन उठ खड़े हुए जिनके उद्देश्य सीमित और संकुचित थे। इन कहानी आन्दोलनों ने पाठकों को कहानी से दूर करने का काम किया। साठोत्तरी कहानी यौन कुंठाओं और सेक्स सम्बन्धी विकृतियों के चित्रण से बजबजा रही थी। इसी दौर में असग़र वजाहत का कहानी लेखन प्रारम्भ हुआ। उनकी पहली कहानी 1964 में छपी और जब वे अलीगढ़ से दिल्ली आ गए तब यहाँ रहते हुए उन्होंने एक कहानी लिखी जिसका शीर्षक था—'केक'। 'केक' वह कहानी थी जिसकी पाठकों को तलाश थी और जिसने आलोचना के लिए भी एक चुनौती रखी। यह कहानी साधारण हिन्दुस्तानी के स्वप्न भंग की कहानी थी जिसे कहने के लिए असग़र वजाहत ने किसी मार्मिक ढंग का सहारा नहीं लिया। अपनी बदहाली पर हँसते लोग तो कहानियों में पहले भी आए होंगे लेकिन यहाँ डेविड साहब का बच्चों की तरह हँसना त्रासदायक है। पूरी कहानी आज़ादी के पचीस सालों की विफलता का मर्सिया बन जाती है। डेविड साहब प्रूफ़रीडर हैं और एक जगह कहते हैं—'पूरी ज़िन्दगी घटिया क़िस्म के काग़ज़ पर छपा प्रूफ़ हो गई है जिसे हम लगातार करेक्ट कर रहे हैं।' यह 1971-72 का समय था जब 'केक' का प्रकाशन हुआ।

असग़र वजाहत अपने कहानी लेखन से असल में अकहानी जैसे आन्दोलनों द्वारा दूर किए पाठकों को फिर कहानी से जोड़ना शुरू करते हैं। प्रेमचन्द, यशपाल, रांगेय राघव और नई कहानी वाले भीष्म साहनी, अमरकान्त तथा शेखर जोशी जैसे कहानीकारों द्वारा प्रवर्तित हिन्दी कहानी

की समाजोन्मुख धारा को फिर वेगवान करने में 'केक' जैसी कहानी को बार-बार याद किया जाएगा। लेकिन असग़र वजाहत अपनी इस कहानी की सफलता को अपनी शैली नहीं बनाना चाहते थे। संयोग से उन्हीं दिनों में आपातकाल लग गया। उन दिनों में असग़र वजाहत दिल्ली में थे और उनका सम्बन्ध ऐसे लोगों से प्रकट था जो आपातकाल का विरोध करते थे। आपातकाल में कहानियाँ लिखने को असग़र वजाहत ने अपने लिए चुनौती माना और 'डंडा', 'कुत्ते', 'शेर', 'ज-1' शीर्षक वाली कहानियाँ लिखीं जिनमें पारम्परिक ढंग से कहानी नहीं कही जाती थी अपितु कभी वे प्रतीकात्मक लगती हैं तो कभी नीति कथाओं जैसी। इन कहानियों में आपातकाल सरीखी मनुष्य की स्वतंत्रता छीन लेने वाली प्रवृत्तियों पर करारा प्रहार है जो व्यंग्य की शक्ल में आता है। 'डंडा' में एक हाथी को प्रताड़ित करने वाला दृश्य है जिसमें हाथी की दुम के नीचे डंडा घुसेड़कर उसे सताया जा रहा है, उसे खाना नहीं दिया जा रहा है। कहानीकार बताता है, चार-पाँच महीने बाद हाथी साध लिया जाता है और पुरातत्त्व विभाग के दफ़्तर में मेज़ पर बैठकर नौकरी कर रहा है। वाचक उसकी कुशल-मंगल पूछता है, हाथी मुस्कुराकर उसे चाय पिलाता है। तभी डंडा करने वाला आदमी फिर आता है और एक बार फिर हाथी के डंडा कर देता है। इस बार हाथी दर्द से चिल्लाता या डरता नहीं बल्कि हँसने लगता है। वाचक का कथन है—'वैसी ही हँसी जैसी हँसी हम रोज़ हँसते हैं।' सवा पन्ने की यह छोटी सी कहानी सत्ता द्वारा ताक़त से नागरिकों को अपने अनुकूल बनाने की गाथा बन जाती है। ऐसा नहीं है कि असग़र वजाहत के यहाँ सत्ता के आतंक और क्रूरता के समक्ष समर्पण कर रहे लोगों के त्रास की ही कहानियाँ हैं। उन्होंने 'दिल्ली पहुँचना है' जैसी यादगार कहानी भी लिखी है जिसमें जनशक्ति के सामने सत्ता के बौने हो जाने का दृश्य है। लेकिन असग़र वजाहत की विशेषता इस बात में है कि वे अपने बनाए रास्ते को बार-बार छोड़ते हैं और लीक तोड़ते हैं।

साम्प्रदायिकता हमारे देश के लिए बड़ी समस्या है क्योंकि साम्प्रदायिक राजनीति के कारण ही देश का विभाजन हुआ था और हज़ारों लोगों को विभाजन के कारण मौत का सामना करना पड़ा। आज़ादी के बाद भी

साम्प्रदायिकता एक ऐसा ख़तरा बनकर मौजूद है जो लगातार हमारा बड़ा नुक़सान कर रही है। असग़र वजाहत साम्प्रदायिकता के सभी चेहरों को पहचानते हैं और अपनी कहानियों में बार-बार इनसे भिड़ते हैं। 'सारी तालीमात' उनकी प्रारम्भिक कहानियों में से है जो बताती है कि पूँजीवाद किस तरह धर्मसत्ता का उपयोग कर मज़दूरों का शोषण करता है—'इस्लाम तुम्हें यह सिखाता है कि एक मुसलमान के कारख़ाने में काम छोड़कर थोड़े से लालच में हिन्दू के कारख़ाने में चले जाओ। वीरेन्द्र बाबू से तुम्हारा क्या रिश्ता है? मैंने माना कि तुमको यहाँ तकलीफ़ है थोड़ी, लेकिन आराम भी तो है। ईद-बक़रीद की छुट्टी देता हूँ। नमाज़-रोज़े में तुम्हारे साथ हूँ। अरे भाई, मैं तो यहाँ से वहाँ तक तुम्हारे साथ हूँ। कोई ज़्यादती करूँ तो अल्लाह के यहाँ दामन थाम सकते हो।' यह पूँजीपति का बयान है जो धर्म की आड़ में मासूम मज़दूरों का शोषण कर रहा है।

असग़र वजाहत ने दंगों और नरसंहारों की घटनाओं पर अनेक कहानियाँ लिखी हैं। 1947 के बाद गांधी जी की शहादत और नेहरू जी के रास्ते से लगता था कि स्वतंत्र भारत में दंगे नहीं होंगे। 1984 और 2002 के दंगों के अलावा सैकड़ों ऐसी घटनाएँ हमारे देश में हुई हैं। इनके अलावा रोज़मर्रा की ज़िन्दगी में घुलते जा रहे साम्प्रदायिकता के ज़हर ने समुदायों में अलगाव बढ़ाया है। असग़र अपने कहानी लेखन को जनशिक्षा का उपकरण बनाने में भी संकोच नहीं करते। यह उनकी कला का अद्भुत कौशल है कि कहानी की बनावट और कहन का जादू इसे कला की कसौटी पर कमज़ोर नहीं पड़ने देता। इसके लिए उन्होंने एक नई संवाद शैली का सहारा लिया और 'गुरु-चेला संवाद' जैसी अनेक कहानियाँ लिखीं जो अपनी लघुता और क्षिप्रता में मंटो की कहानियों की याद दिलाती हैं। इस श्रृंखला की एक कहानी है—

चेला—साम्प्रदायिक दंगों की ज़िम्मेदारी क्या प्रधानमंत्री पर आती है गुरुजी?

गुरु—नहीं।

चेला—मुख्यमंत्री पर आती है?

गुरु—नहीं।

चेला—गृहमंत्री पर आती है?

गुरु—नहीं।

चेला—सांसद या विधायक पर आती है?

गुरु—नहीं।

चेला—ज़िलाधिकारियों, पुलिस अधिकारियों पर आती है?

गुरु—नहीं।

चेला—फिर साम्प्रदायिक दंगों की ज़िम्मेदारी किस पर आती है?

गुरु—जनता पर।

चेला—मतलब...?

गुरु—मतलब हम पर...।

चेला—मतलब?

गुरु—मतलब किसी पर नहीं।

(गुरु-चेला संवाद-7)

नामवर सिंह ने एक बार कहा था—ग़म की कहानी मज़े ले-लेकर कहना, यह हुनर असग़र वजाहत की कहानियों में ख़ूब दिखाई पड़ता है। साम्प्रदायिकता जैसी समस्या हो या मध्यवर्ग का पाखंड, एक ऐसे लेखक के लिए जो विचारधारा को साहित्य के लिए ज़रूरी समझता है, मनुष्यता के पक्ष में आशा का दामन कभी नहीं छोड़ सकता। 'मुश्किल काम' इस प्रसंग में बार-बार याद की जाने लायक कहानी है। यहाँ दंगों में अपनी 'वीरता' के क़िस्से सुनाने वाली दंगाइयों की दो मंडलियाँ हैं जो अपने-अपने कारनामों को बढ़-चढ़कर बता रही हैं। बहस इस बात पर है कि किसको मारना सबसे मुश्किल है? बूढ़ों को? जवानों को? औरतों को? आख़िर में एक दंगाई कहता है—बच्चों को। क्यों? उसका उत्तर है—'बच्चों को मारते समय...अपने बच्चे याद आ जाते हैं।' जीवन से बड़ी रचना यहाँ होती है। हम जानते हैं, जीवन में ऐसा नहीं होता लेकिन यह एक रचनाकार का कौशल है कि वह यथार्थ की ऐसी सृष्टि कर दे कि आपको कुछ भी आरोपित न लगे। दंगाई को अपने बच्चे याद आ रहे हैं तो उम्मीद की जा सकती है कि वह कभी तो हिंसा का रास्ता छोड़ देगा।

'शाह आलम कैम्प की रूहें' साम्प्रदायिकता पर लिखी गई कुछ बेजोड़ कहानियों में से है जो दंगों जैसी मनुष्यविरोधी घटनाओं का साहित्यिक इतिहास बन जाती है। इतिहास का यह पन्ना कड़वा है, क्रूरता से भरा है लेकिन इसे अनदेखा करना असलियत से मुँह फेरना है। यहाँ असग़र वजाहत फ़ैंटेसी रचते हैं कि दंगों में मारे गए लोगों की आत्माएँ रोज़ रात को कैम्प में आती हैं और अपने सम्बन्धियों को खोजती हैं। इस कहानी में अनेक उपकथाएँ हैं या कहानियों की शृंखला है जो विडम्बना और व्यंग्य के संयोग से क्रूर यथार्थ सृष्टि करती है। इस कहानी का महत्त्व केवल भारत के सन्दर्भ में देखना उचित नहीं क्योंकि घृणा और नस्ली भेदभाव के कारण दुनिया अनेक त्रास झेल चुकी है। कहानी में एक बूढ़े की रूह भी आ गई है, इस रूह का शाह आलम कैम्प में आना भारतीय स्वाधीनता आन्दोलन के मूल्यों की स्मृति भी है तो एक क्रूर व्यंग्य भी। यह रूह क्या कहती है—

"मुझे आज से पचास साल पहले गोली मारकर मार डाला गया था। अब मैं चाहता हूँ कि दंगाई मुझे ज़िन्दा जलाकर मार डालें।"

"तुम ये क्यों करना चाहते हो बाबा?"

"सिर्फ़ ये बताने के लिए कि न उनके गोली मारकर मारने से मैं मरा था और न उनके ज़िन्दा जला देने से मरूँगा।"

असग़र वजाहत ने साम्प्रदायिकता को विषय बनाकर 'मैं हिन्दू हूँ' और 'ज़ख़्म' शीर्षक से भी कहानियाँ लिखी हैं। कहना न होगा कि उनकी कहानियाँ साम्प्रदायिकता को केवल हिंसा या हिन्दू-मुस्लिम परिघटना तक सीमित रखकर नहीं देखतीं अपितु उसके वास्तविक कारणों और गहरे प्रभावों की पड़ताल भी करती हैं।

मध्यवर्ग के पाखंड पर प्रहार करने वाली कहानियाँ असग़र वजाहत के यहाँ मिलती हैं। प्रगतिशील जनवादी लेखन की समझ रही है कि मध्यवर्ग का काइयाँपन और पाखंड मनुष्य समाज के विकास में बड़ा अवरोध है। असग़र वजाहत के यहाँ इस पाखंड के उद्‌घाटन के अनेक चित्र हैं। सचाई जब विडम्बना बन जाती है तो उसका निरूपण और अधिक मुश्किल है। 'स्विमिंग पूल' में वजाहत इस विडम्बना का भी सटीक निरूपण कर पाते

हैं—'यह कहकर पत्नी फिर 'उसके' बारे में शुरू हो गईं। मैं दिल ही दिल में सोचने लगा कि पत्नी पागल नहीं तो हद दर्जे की बेवकूफ़ ज़रूर हैं, जो इतने बड़े, महत्त्वपूर्ण और प्रभावशाली वीआईपी से शिकायत भी कर रही हैं तो ये कि देखिए हमारे घर के सामने नाला बहता है, उसमें से बदबू आती है, उसमें सूअर लोटते हैं, उसमें आस-पास वाले भी निगाह बचाकर गन्दगी फेंक जाते हैं, नाले को कोई साफ़ नहीं करता। सैकड़ों बार शिकायतें दर्ज कराई जा चुकी हैं। एक बार तो किसी ने मरा हुआ इतना बड़ा चूहा फेंक दिया था कि वह पानी में फूलकर आदमी के बच्चे जैसा लगने लगा था।' नए दौर में मीडिया के आगमन से उम्मीद थी कि मीडिया की व्यापक पहुँच से मामूली लोगों को भी अपनी आवाज़ सत्ता तक पहुँचाने में मदद मिलेगी। लेकिन दुर्भाग्य से ऐसा नहीं है। उनकी कहानी 'तमाशे में डूबा देश' मीडिया के वर्ग चरित्र की बारीक़ पहचान है जो मध्यवर्ग तथा सत्ता के हितों की रक्षा में किस तरह सन्नद्ध है।

नई सदी में असग़र वजाहत ने राजनैतिक भ्रष्टाचार और लोकतंत्र की विफलताओं को देखने की कोशिश अपनी कहानियों में की। 'सदन में शहीदे आज़म', 'मुखमंत्री और डेमोक्रेसिया', 'लुटेरा' और 'राजन की चिन्ताएँ' इस प्रसंग में उल्लेखनीय कहानियाँ हैं। इस दौर में अनेक युवा कथाकारों ने भी राजनैतिक पाखंड और लोकतंत्र की विफलता को रचनाओं का विषय बनाया है लेकिन असग़र वजाहत अलग और विशिष्ट हैं क्योंकि जिस चुटीले व्यंग्य के सहारे वे हमारे समय की विडम्बनाओं को दर्शाते हैं, वैसा कौशल लम्बी साधना और गहरी अन्तर्दृष्टि का ही परिणाम होता है। 'राजन की चिन्ताएँ' का एक अंश है—

राजन—राजगुरु, हम बहुत परेशान हैं।

राजगुरु—क्यों राजन?

राजन—हत्याएँ बहुत हो रही हैं।

राजगुरु—राजन, क्या आप चाहते हैं कि हत्याएँ न हों?

राजन—नहीं राजगुरु।

राजगुरु—फिर क्या चाहते हैं राजन?

राजन—हत्याओं की चर्चा न हो।

असग़र वजाहत जानते हैं कि भूमंडलीकरण की शक्तियों के निशाने पर कौन है। बाज़ार किसे ख़रीद लेना चाहता है। राजनीति किसकी सेवा में समर्पित हो गई है। उनकी कहानियाँ पढ़िए तो साहित्य की शक्ति और सम्भावना मालूम होती है। अब वे पारम्परिक ढंग से कहानियाँ लिखना छोड़ चुके हैं और लघु कथाओं या संवादों का भ्रम देती कहानियाँ लिखते हैं जो असल में लघु कथा नहीं हैं बल्कि वे कहानी ही हैं, दरेरा देती और पिन चुभोती हुई। भूमंडलीकरण के बाद तेज़ी से धर्म की आड़ में कट्टर होते लोग और हिंसा व भय से सत्ता पर क़ाबिज़ होने वाली राजनीति उनके नए कहानी लेखन का मुख्य विषय है। कभी विभाजन के ऐसे दौर पर मंटो ने कहानियाँ लिखी थीं। असग़र यदि हमारे दौर की विभाजनकारी शक्तियों की पहचान कर रहे हैं और उसे साहित्य में रूपायित कर रहे हैं तो यह निश्चय ही बड़ा काम है।

कहना न होगा कि असग़र वजाहत अपने समकालीनों में सबसे अलहदा हैं और अपने को पुनर्नवा करते रहने वाला ऐसा कथाकार हिन्दी में और नहीं है।

—पल्लव

मार्च, 2022
दिल्ली

क्रम

केक

उन्होंने मेज़ पर एक ज़ोरदार घूँसा मारा और मेज़ बहुत देर तक हिलती रही। "मैं कहता हूँ जब तक एट ए टाइम पाँच सौ लोगों को गोली से नहीं उड़ा दिया जाएगा, हालात ठीक नहीं हो सकते।" अपनी ख़ासी स्पीकिंग पावर नष्ट करके वह हाँफने लगे। फिर उन्होंने अपना ऊपरी होंठ निचले होंठ से दबाकर मुझे घूरना शुरू किया। वह अवश्य समझ गए थे कि मैं मुस्करा रहा हूँ। फिर उन्होंने घूरना बन्द कर दिया और अपनी प्लेट पर पिल पड़े।

रोज़ ही रात को राजनीति पर बात होती है। दिन के दो बजे से रात आठ बजे तक प्रूफ़रीडिंग का घटिया काम करते-करते वह काफ़ी खिसिया उठते हैं।

मैंने कहा, "उन पाँच सौ लोगों में आप अपने को भी जोड़ रहे हैं?"

"अपने को क्यों जोड़ूँ? क्या मैं क्रुक पॉलिटीशियन हूँ या स्मगलर हूँ या करोड़ों की चोरबाज़ारी करता हूँ?" वह फिर मुझे घूरने लगे तो मैं हँस दिया। वह अपनी प्लेट की ओर देखने लगे।

"आप लोग तो किसी भी चीज़ को सीरियसली नहीं लेते हैं।"

खाने के बाद उन्होंने जूठी प्लेटें उठाईं और किचन में चले गए। कुर्सी पर बैठे-ही-बैठे मिसेज़ डिसूजा ने कहा, "डेविड, मेरे लिए पानी लेते आना।"

डेविड जग भरकर पानी ले आए। मिसेज़ डिसूजा को एक गिलास देने के बाद बोले, "पी लीजिए मिस्टर, पी लीजिए।"

मेरे इनकार करने पर जले-कटे तरीके से चमके, "थैंक्स टु गॉड! यहाँ दिनभर पानी तो मिल जाता है। अगर इन्द्रपुरी में रहते तो पता चल जाता। ख़ैर, आप नहीं पीते तो मैं ही पिये लेता हूँ," कहकर वह तीन गिलास पानी पी गए।

खाने के बाद इसी मेज़ पर डेविड साहब काम शुरू कर देते हैं। आज भी वह प्रूफ़ का पुलिन्दा खोलकर बैठ गए। उन्होंने मेज़ साफ़ की। मेज़ के पाए की जगह रखी ईंटों को हाथ से ठीक किया, ताकि मेज़ हिल न सके। फिर टूटी कुर्सी पर बैठे-बैठे अचानक अकड़ गए और नाक पर चश्मा इस तरह फ़िट किया जैसे बन्दूक में गोलियाँ भर ली हों। होंठ ख़ास तरह से दबा लिये। प्रूफ़ पांडुलिपि से मिलाने लगे। गोलियाँ चलने लगीं। इसी तरह डेविड साहब रात बारह बजे तक प्रूफ़ देखते रहते हैं। इसी बीच वह कम-से-कम पचास बार चश्मा उतारते और लगाते हैं। बन्दूक में कुछ ख़राबी है। पाँच साल पहले आँखें टेस्ट करवाई थीं और चश्मा ख़रीदा था। अब आँखें ज़्यादा कमज़ोर हो चुकी हैं, परन्तु चश्मे का नम्बर नहीं बढ़ पाया है। हर महीने की पन्द्रह तारीख़ को वह अगले महीने आँखें टेस्ट करवाकर नया चश्मा ख़रीदने की बात करते हैं। बन्दूक की क़ीमत बहुत बढ़ चुकी है। प्रूफ़ देखने के बीच पानी पीएँगे तो वह 'बासु की जय' का नारा लगाएँगे। 'बासु' उनका बॉस है जिससे उन्हें कई दर्जन शिकायतें हैं। जहाँ तक मेरी समझ में आता है, वे सब जायज़ हैं। वैसी ही तीन दर्जन शिकायतें मुझे भी हैं। ऐसी शिकायतें पेश्तर छोटा काम करनेवालों को होती हैं।

"बड़ा जानलेवा काम है साहब।" वे दो-एक बार सिर उठाकर मुझसे कहते हैं। मैं 'हूँ-हाँ' में जवाब देकर बात आगे बढ़ने नहीं देता। लेकिन वह चुप नहीं होते। चश्मा उतार कर आँखों की रगड़ाई करते हुए कहते हैं, "बड़ी हाई लेविल बंग्लिंग होती है। अब तो छोटे-मोटे करप्शन केस पर कोई चौंकता तक नहीं। पूरी मशीनरी सड़-गल चुकी है। ये आदमी नहीं, कुत्ते हैं कुत्ते। मैं भी आज़ादी से पहले गांधी का स्टांच सपोर्टर था और समझता था कि नॉन-वाइलेंस इज द बेस्ट पॉलिसी। लेकिन अब सोचता हूँ कि वह चूतियापा है। वाइलेंस इज द बेस्ट पॉलिसी। लटका

दो पाँच सौ आदमियों को सूली पर। अरे, इन सालों का पब्लिक ट्रायल होना चाहिए, पब्लिक ट्रायल।"

"पब्लिक ट्रायल कौन करेगा, डेविड साहब?" मैं झल्ला जाता हूँ। इतनी देर से लगातार बकवास कर रहे हैं।

वे दोनों हाथों से अपना सिर पकड़कर बैठ जाते हैं।

"मासेज में अगर लेफ़्ट फोर्सेज़..." वे धीरे-धीरे बहुत देर तक बड़बड़ाते रहते हैं।

मैं जासूसी उपन्यास के नायक को एक बार फिर गोलियों की बौछार से बचा देता हूँ।

वह कहते हैं, "आप भी क्या दो-ढाई सौ रुपए के लिए घटिया नॉवल लिखा करते हैं।" मैं मुस्कराकर उनके प्रूफ़ के पुलिन्दे की तरफ़ देखता हूँ और वह चुप हो जाते हैं। गम्भीर हो जाते हैं।

"मैं सोचता हूँ ब्रदर, क्या हम-तुम इसी तरह प्रूफ़ पढ़ते और जासूसी नॉवल लिखते रहेंगे? सोचो तो यार! दुनिया कितनी बड़ी है। यह हमें मालूम है कि कितनी अच्छी तरह से ज़िन्दगी गुज़ारी जा सकती है। कितना आराम और सुख है, कितनी ब्यूटी है।"

"परेशानी तो मेरे लिए है, डेविड साहब। आप तो बहुत से काम कर सकते हैं। मुर्गीखाना खोल सकते हैं। बेकरी लगा सकते हैं।"

वह आँखें बन्द करके अविश्वास-मिश्रित हँसी हँसने लगते हैं और कमरे की हर ठोस चीज़ से टकराकर उनकी हँसी उनके मुँह में वापस चली जाती है।

अक्सर खाने के बाद वे ऐसी ही बात छेड़ देते हैं। काम में मन नहीं लगता और वक़्त बोझ लगने लगता है। जी में आता है कि लोहे की बड़ी-सी रॉड लेकर किसी फैशनेबुल कॉलोनी में निकल जाऊँ। डेविड साब तो साथ चलने को तैयार हो जाएँगे। वह फिर बोलने लगते हैं और उनके प्रिय शब्द 'बिच', 'कुक', 'नॉनसेंस', 'बंग्लिंग', 'पब्लिक ट्रायल', 'एक्सप्लॉइटेशन', 'क्लास स्ट्रगल' आदि बार-बार सुनाई पड़ते हैं। बीच-बीच में वह हिन्दुस्तानी गालियाँ फर्राटे से बोलते हैं।

"अब क्या हो सकता है? पच्चीस साल तक प्रूफ़रीडरी के बाद अब

और क्या कर सकता हूँ? सन् 1948 में दिल्ली आया था। अरे साब, डिफेंस कॉलोनी की ज़मीन तीन रुपए गज मेरे सामने बिकी है, जिसका दाम आज चार सौ रुपए है। निज़ामुद्दीन से ओखला तक जंगल था जंगल। कोई शरीफ़ आदमी रहने को तैयार ही नहीं होता था। अगर उस वक़्त निज़ामुद्दीन में ज़मीन ख़रीद ली होती तो आज लखपती होता। लेकिन उस वक़्त उतना पैसा नहीं था और आज...। सीनियर कैम्ब्रिज में मेरे साथ पॉटी पढ़ता था। अब अगर आप आज उसे देख लें तो मान ही नहीं सकते कि मैं उसका क्लासफेलो और दोस्त था। गोरा-चिट्टा रंग, ए-क्लास सेहत, एक जीप, ऐंबेसडर और एक ट्रैक्टर उसके पास। मिर्जापुर के पास फार्मिंग करवाता है। उस ज़माने में दस रुपए बीघा ज़मीन ख़रीदी थी उसने। मुझसे बहुत कहा था कि तुम भी ले लो डेविड भाई, चार-पाँच सौ बीघा। बिलकुल उसी के फार्म के सामने पाँच सौ बीघे का प्लाट था। ए-क्लास फर्टाइल ज़मीन। लेकिन उस ज़माने में मैं कुछ और था।" वह खिसियानी हँसी हँसे। "आज उसकी आमदनी तीन लाख रुपए साल है। अपनी डेयरी, अपना मुर्गीखाना—ठाठ हैं, सब ठाठ।" डेविड साहब ख़ुश हो गए जैसे वह सब उन्हीं का हो। प्रूफ़ के पुलिन्दे को उठाकर एक कोने में रखते हुए बोले, "मेरी तो क़िस्मत में इस शानदार कमरे में मिसेज डिसूजा का किरायेदार होना लिखा था।"

मिसेज डिसूजा को पचास रुपए दो, कमरा मिल जाएगा। पच्चीस रुपए और दो तो सुबह नाश्ता मिल जाएगा और तीस रुपए दो तो रात का खाना, जिसे मिसेज डिसूजा अंग्रेज़ी खाना कहती हैं, मिल जाएगा। मिसेज डिसूजा के कमरे में लगी तस्वीरों को, जो प्रायः उनकी जवानी के दिनों की हैं, किरायेदार हटा नहीं सकता। किसी तस्वीर में मोमबत्ती के सामने बैठी किताब पढ़ रही हैं, तो किसी में अपने बाल गोद में रखे शून्य में देखने का प्रयत्न कर रही हैं। कुछ लोगों का परिचय अंग्रेज़ अफ़सर के रूप में करवाती हैं, पर देखने में वे सब हिन्दुस्तानी लगते हैं। एक चित्र मिसेज डिसूजा की लड़की का भी है, जो डेविड साहब की मेज़ पर रखा रहता है। लड़की वास्तव में कंटाप है। छिनालपना उसके चेहरे से ऐसा टपकता है कि अगर सामने कोई बर्तन रख दे तो दिन में दसियों

बार ख़ाली करना पड़े। उसे सिर्फ़ देखकर अच्छे-अच्छे दोनों हाथों से दबा लेते होंगे। कुछ पड़ोस वालों का यह भी कहना है कि इसी तस्वीर को देख-देखकर डेविड साहब ने शादी करने और बच्चा पैदा करने की क्षमता से हाथ धो लिये हैं। मिसेज डिसूजा देसी ईसाइयों की कई लड़कियाँ उनके लिए खोज चुकी हैं। परन्तु सब बेकार। वह तो ढाई सौ वोल्टेज ही के करंट से जल-भुनकर राख हो चुके थे। और एक दिन तंग आकर मिसेज डिसूजा ने मोहल्ले में उनको नामर्द घोषित कर दिया और उनके सामने कपड़े बदलने लगीं।

सुबह का दूसरा नाम होता है जल्दी। जल्दी-जल्दी बिना दूध की चाय के कुछ कप। रात के धोये कपड़ों पर उल्टा-सीधा प्रेस। जूते पर पॉलिश। और दिन-भर प्रूफ़ करेक्ट करते रहने के लिए आँखों की मसाज। प्रूफ़ के पुलिन्दे। करेक्ट किए हुए और प्रेस से आए हुए। फिर करेक्ट किए हुए। धम्! साला ज़ोर से गेली दे मारता है, "देख लो बाबू, जल्दी देख दो। बड़ा साहब कॉलम देखना माँगता है।" पूरी ज़िन्दगी घटिया क़िस्म के काग़ज़ पर छपा प्रूफ़ हो गई है, जिसे हम लगातार करेक्ट कर रहे हैं।

घर से बाहर निकालकर जल्दी-जल्दी बस स्टॉप की तरफ़ दौड़ना, जैसे किसी को पकड़ना हो। हम दोनों एक ही नम्बर की बस पकड़ते हैं। रास्ते में डेविड साहब मुझसे रोज़ एक-सी बातें करते हैं, 'हरी सब्ज़ियों से क्या फ़ायदा है, किस सब्जी में कितना स्टार्च होता है। अंडे और मुर्गे खाते रहो तो अस्सी साल की उम्र में भी लड़का पैदा कर सकते हो।' बकरी और भैंस के गोश्त का सूक्ष्म अन्तर उन्हें अच्छी तरह मालूम है। अंग्रेज़ी खाने के बारे में उनकी जानकारी अथाह है। केक में कितना मैदा होना चाहिए। कितने अंडे डाले जाएँ। मेवा और जेली को कैसे मिलाया जाए। दूध कितना फेंटा जाए। केक के सिंकाई के बारे में उनकी अपनी धारणाएँ हैं। क्रीम लगाने और केक को सजाने के उनके पास सैकड़ों फ़ार्मूले हैं जिन्हें अब हिन्दुस्तान में कोई नहीं जानता। कभी-कभी कहते, "ये साले धोती बाँधनेवाले, खाना खाने का तरीक़ा क्या जानें! ढेर सारी सब्जी ले ली, तेल में डाली और खा गए बस। खाना पकाना और खाना मुसलमान जानते हैं या अंग्रेज़। अंग्रेज़ तो चले गए, साले मुसलमानों के

पास अब भैंसे का गोश्त खा-खाकर अकल मोटी करने के सिवा कोई चारा नहीं है। भैंसे का गोश्त खाओ, भैंसे की तरह अकल मोटी हो जाएगी और फिर भैंसे की तरह ही कोल्हू में पिले रहो। रात में घर आकर बीवी पर भैंसे की तरह पिल पड़ो।"

आज फिर घूम-फिर कर वह अपने विषय पर आ गए।

"नाश्ता तो हैवी होना ही चाहिए।"

मैंने हामी भरी। इस बात से कोई उल्लू का पट्ठा ही इनकार कर सकता है।

"हैवी और एनरजेटिक।" चलते-चलते वह अचानक रुक गए। एक नये बनते हुए मकान को देखकर बोले, "किसी ब्लैक मार्किटियर का मालूम होता है।" फिर उन्होंने अकड़कर जेब से चश्मा निकाला, आँखों पर फ़िट करके मकान की ओर देखा। फ़ायर हुआ ज़ोरदार धमाके के साथ और सारा मकान अड़-अड़ धड़ाम करके गिर गया।

"बस एक गिलास दूध, चार टोस्ट और मक्खन, पौरिज और दो अंडे।" उन्होंने एक लम्बी साँस खींची, जैसे गुब्बारे में से हवा निकल गई हो।

"नहीं, मैं आपसे एग्री नहीं करता, फ्रूट जूस बहुत ज़रूरी है। बिना "फ्रूट जूस...?"

वह बोले, "नहीं अगर दूध हो तो उसकी ज़रूरत नहीं है।"

"पराँठे और अंडे का नाश्ता कैसा रहेगा?"

"वैरी गुड, लेकिन पराँठे हलके और नर्म हों।"

"और अगर नाश्ते में केक हो?" वह सपाट और फीकी हँसी हँसे।

कई साल हुए। मेरे दिल्ली आने के आस-पास। डेविड साहब ने अपने बर्थडे पर केक बनवाया था। पहले पूरा बजट तैयार कर लिया गया था। सब ख़र्च जोड़कर कुछ सत्तर रुपए होते थे। पहली तारीख़ को डेविड साहब मैदा, शक्कर और मेवा लेने खारीबावली गए थे। सारा समान घर में फिर से तौला गया था। फिर अच्छे बेकर का पता लगाया गया था। डेविड साहब के कई दोस्तों ने दरियागंज के एक बेकर की तारीफ़ की तो वह उससे एक दिन बात करने गए बिलकुल उसी तरह जैसे दो देशों

के प्रधानमंत्री गम्भीर समस्याओं पर बातचीत करते हैं। डेविड साहब ने उसके सामने एक ऐसा प्रश्न रख दिया किया वह लाजवाब हो गया। 'अगर तुमने सारा समान केक में न डाला और कुछ बचा दिया तो मुझे पता चलेगा?' इस समस्या का समाधान भी उन्होंने ख़ुद खोज लिया। कोई ऐसा आदमी मिले जो बेकर के पास उस समय तक बैठा रहे, जब तक कि केक बनकर तैयार न हो जाए। डेविड साहब को मिसेज डिसूजा ने इस काम के लिए अपने आप को कई बार 'ऑफ़र' किया था। मगर वास्तव में डेविड साहब को मिसेज डिसूजा पर भी एतबार नहीं था। हो सकता है बेकर और मिसेज डिसूजा मिलकर डेविड साहब को चोट दे दें। जब पूरी दिल्ली में 'मोतबर' आदमी नहीं मिला तो डेविड साहब ने एक दिन की छुट्टी ली। मैंने इस काम में कोई रुचि नहीं दिखाई थी, इसलिए उन दिनों मुझसे नाराज़ थे और पीठ पीछे उन्होंने मिसेज डिसूजा से कई बार कहा कि जानता ही नहीं केक क्या होता है। मैं जानता था कि केक बन जाने के बाद किसी भी रात को खाने के बाद मुर्ग़ीख़ाना खोलनेवाली बात करके डेविड साहब को ख़ुश किया जा सकता है या उनके दोस्त के बारे में बात करके डेविड साहब को ख़ुश किया जा सकता है या उनके दोस्त के बारे में बात करके उन्हें उत्साहित किया जा सकता है, जिसका मिर्जापुर के पास बड़ा फार्म है और वह वहाँ कैसे रहता है।

केक बर्थडे से एक दिन पहले आ गया था। अब उसे रखने की समस्या थी। मिसेज डिसूजा के घर में चूहे ज़रूरत से ज़्यादा हैं। इस आड़े वक़्त में मैंने उनकी मदद की। अपने टीन के बक्स में से कपड़े निकालकर तौलिये में लपेटकर मेज़ पर रख दिए और बक्स में केक रख दिया गया। मेरा बक्स पूरे एक महीने घिरा रहा।

हम सबको उस केक के बारे में बातचीत कर लेना बहुत अच्छा लगता है। डेविड साहब तो उसे अपना सबसे बड़ा 'एचीवमेंट' मानते हैं और मैं अपने बक्स को ख़ाली कर देना कोई छोटा कारनामा नहीं समझता। उसके बाद से लेकर अब तक केक बनवाने के कई प्रोग्राम बन चुके हैं। अब डेविड साहब की शर्त यह होती है कि सब 'शेयर' करें। ज़्यादा मूड में आते हैं तो आधा ख़र्च उठाने पर तैयार हो जाते हैं।

उन्हीं के अनुसार, बचपन से उन्हें दो चीज़ें पसन्द रही हैं। जॉली और केक। जॉली की शादी किसी कैप्टन से हो गई, तो वह धीरे-धीरे उसे भूलते गए। पर केक अब भी पसन्द है। केक के साथ कौन शादी कर सकता है? लेकिन खारी-बावली के कई चक्कर लगाने पर उन्होंने महसूस किया कि केक की भी शादी हो सकती है। फिर भी पसन्द करना बन्द न कर सके।

दफ़्तर से लौटकर आया तो सारा बदन इस तरह दर्द कर रहा था, जैसे बुरी तरह से मारा गया हो। बाहरी दरवाज़ा खोलने के लिए मिसेज डिसूजा आईं। वह शायद किचन में अपने खटोले पर सो रही थीं। अन्दर आँगन में उनके गुप्त वस्त्र सूख रहे थे। 'गुप्त वस्त्र' शब्द सोचकर हँसी आई। कोई अंग गुप्त ही कहाँ रह गया है! डी.टी.सी. की बसों में चढ़ते-उतरते गुप्त अंगों के भूगोल का अच्छा-ख़ासा ज्ञान हो गया है। उनकी गरमाहट, चिकनाई, खुरदरेपन, गन्देपन, लुभावनेपन के बारे अच्छी जानकारी है। "आज जल्दी चले आए?" मिसेज डिसूजा 'गुप्त वस्त्र' उतारने लगीं। "चाय पीयोगे? मैंने अभी तक नहीं पी है।"

"हाँ, ज़रूर।" सोचा अगर साली ने पी ली होती तो कभी न पूछती।

कमरे के अन्दर चला आया। पत्थर की छत के नीचे खाने की मेज़ है। जिसके एक पाए की जगह ईंटें लगी हैं। दूसरे पायों को टीन की पट्टियों से जकड़ कर कीलें ठोंक दी गई हैं। रस्सी, टीन, लोहा, तार और ईंटों के सहारे खड़ी मेज़ पहली नज़र में आदिकालीन मशीन-सी लगती है। मेज़ के ऊपर मिसेज डिसूजा की सिलाई मशीन रखी है। खाना खाते समय मशीन को उठाकर मेज़ के नीचे रख दिया जाता है। खाने के बाद मशीन फिर मेज़ पर आ जाती है। रात में डेविड साहब इसी मेज़ पर बैठकर प्रूफ़ देखते हैं। कई गिलास पानी पीते हैं और एक बजते-बजते उठते हैं तो कमरा अकेला हो जाता है। मैं कमरे में रखी गिलास, मशीन या मेज़ की तरह कमरे का एक हिस्सा बन जाता हूँ।

"ये लो टी, ग्रीनलेबुल है।" मिसेज डिसूजा ने चाय की प्याली थमा दी। वह खानों के नाम अंग्रेज़ी में लेती है। रोटी को ब्रेड कहती हैं,

दाल को पता नहीं क्यों उन्होंने सूप कहना शुरू कर दिया है। तरकारी को 'बॉयल्ड वेजिटेबुल्स' कहती हैं। करेलों को 'हॉटडिश' कहती हैं। मिसेज डिसूजा थोड़ी-बहुत गोराशाही अंग्रेज़ी भी बोल लेती हैं, जिससे मोहल्ले के लोग काफ़ी प्रभावित होते हैं। मैंने टी ताजमहल छाप ले ली। मिसेज डिसूजा आज के ज़माने की तुलना पहले ज़माने से करने लगीं। उन्हें चालीस साल तक पुराने दाम याद हैं। इसके बाद अपने मकान की चर्चा उनका प्रिय विषय है, जिसका सीधा मतलब हम लोगों पर रोब डालना होता है। वैसे, रोब डालते वक़्त यह भूल जाया करती हैं कि दोनों कमरे किराये पर उठा देने के बाद वह स्वयं किचन में सोती हैं। मैं उनकी बकवास से तंग आकर बाथरूम में चला गया। अगर डेविड साहब होते तो मज़ा आता। मिसेज डिसूजा मुँह खोलकर और आँखें फाड़कर मुर्गी-पालन की बारीक़ियों को समझने का प्रयत्न करतीं। "ज़्यादा नहीं सिर्फ़ दो हज़ार रुपए से काम शुरू करे कोई। चार सौ मुर्ग़ियों से शानदार काम चालू हो सकता है। चार सौ अंडे रोज़ का मतलब है कम-से-कम सौ रुपए रोज़। एक महीने में तीन हज़ार रुपए और एक साल में छत्तीस हज़ार रुपए। मैं तो आंटी लाइफ़ में कभी-न-कभी ज़रूर कारोबार शुरू करूँगा। —फ़ायदा? मैं कहता हूँ चार साल में लखपति। फिर अंडे, मुर्ग़ीख़ाने का आराम अलग। रोज़ एक मुर्ग़ी काटिये साले को। बीस अंडों की पुडिंग बनाइए। तब यह मकान आप छोड़ दीजिएगा, आंटी। यह भी कोई आदमियों के रहने लायक मकान है। फिर तो महारानी बाग या बसन्त विहार में कोठी बनवाइएगा। एक गाड़ी ले लीजिएगा।"

तब थोड़ी देर के लिए वे दोनों बसन्त विहार पहुँच जाया करते। बड़ी-सी कोठी के फाटक की दाहिनी तरफ़ पीतल की चमचमाती हुई प्लेट पर एरिक डेविड और मिसेज जे. डिसूजा के अक्षर इस तरह चमकते जैसे छोटा-मोटा सूरज।

मैं लौटकर आया तो डेविड साहब आ चुके थे। कपड़े बदलकर आँगन में बैठे वह बासु को थोक में गालियाँ दे रहे थे। मिसेज डिसूजा

'हॉटडिश' पकाने का प्रयत्न कर रही थीं। डेविड साहब कह रहे थे—

"यह साला बासु इस लायक है कि इसका 'पब्लिक ट्रायल' किया जाए।" उनकी आँखों में नफ़रत और उकताहट थी। चश्मा थोड़ा नीचे खिसक गया था। उन्होंने अपनी गर्दन अकड़ाकर चश्मा चेहरे पर फिट किया। मैंने तिलक ब्रिज के सामने एक पेड़ की बड़ी-सी डाल पर रस्से के सहारे बासु की लाश को झूलते हुए देखा। लहरें मारती भीड़-अथाह भीड़। और कुछ ही क्षण बाद डेविड साहब को एक नन्हे से मुर्गीखाने में बन्द पाया। चारों और जालियाँ लगी हुई हैं और उसके अन्दर दो सौ मुर्गियों के साथ डेविड साहब दाना चुग रहे हैं। गर्दन डालकर पानी पी रहे हैं और अंडे दे रहे हैं। अंडों के एक ढेर पर बैठे हैं। मुर्गीखाने की जालियों से बाहर बसन्त विहार साफ़ दिखाई पड़ रहा है।

मैंने कहा, "आप क्यों परेशान हैं डेविड साहब? छोड़िए साली नौकरी को। एक मुर्गीखाना खोल लीजिए। फिर बंसत विहार में मकान।"

"नहीं-नहीं मैं बसन्त विहार में मकान नहीं बनवा सकता। वहाँ तो बासु का मकान बन रहा है। भाई साहब, यह तो दावा है कि इस देश में बग़ैर चार सौ बीसी किए कोई आदमी की तरह नहीं रह सकता। आदमियों की तरह रहने के लिए आपको ब्लैक मार्केटिग करनी पड़ेगी, लोगों को 'एक्सप्लॉयट' करना पड़ेगा—अब आप सोचिए, मैं किसी साले से कम काम करता हूँ। रोज़ आठ घंटे की ड्यूटी और दो घंटे बस के इन्तजार में।"

"तुम बहुत गाली बकते हो," मिसेज डिसूज़ा बोलीं।

"फिर क्या करूँ आंटी, गाली न बकूं तो क्या ईशू से प्रार्थना करूँ, जिसने कम-से-कम मेरे साथ बड़ा 'जोक' किया है।"

"छोड़िए यार डेविड साहब। कुछ और बात कीजिए। कहीं प्रूफ़ का काम ज़्यादा तो नहीं मिला?"

"ठीक है, छोड़िए। दिल्ली में अभी तीन साल हुए हैं न? कुछ जवानी भी है। अभी शायद आपने दिल्ली की चमक-दमक भी नहीं देखी? क्या हमारा कुछ भी हिस्सा नहीं है उसमें? कनाट प्लेस में बहते हुए पैसे को देखा है कभी?" वह हाथ चला-चला कर पैसे के बहाव के बारे में

बताने लगे, "लाखों-करोड़ों रुपए लोग उड़ा रहे हैं। औरतों के जिस्मों पर से बहता पैसा। कारों की शक्ल में तैरता हुआ।" वह उत्तेजित हो गए, उन्होंने जेब से चश्मा निकाला, गर्दन अकड़ाई और चश्मा आँखों पर फ़िट कर लिया।

मुझे उकताहट होने लगी। तबीयत घबराने लगी, जैसे उमस एकदम बैठ गई हो। साँस लेने में तकलीफ़ होने लगी। लोहे का सलाख़ोंदार कमरा मुर्गीखाना लगने लगा जिसमें सख़्त बदबू भर गई हो। मिसेज डिसूजा कई बार भविष्यवाणी कर चुकी हैं कि डेविड साहब एक दिन हम लोगों को 'अरेस्ट' करवाएँगे और डेविड साहब कहते हैं कि मैं उस दिन का 'वेलकम' करूँगा।

ग़ुस्से में लगातार होंठ दबाये रहने के कारण उनका निचला होंठ काफ़ी मोटा हो गया है। चेहरे पर तीन लकीरें पड़ जाती हैं। बचपन में सुना करते थे कि माथे पर तीन लकीरें पड़नेवाला राजा होता है।

कुछ ही देर में वह काफ़ी शान्त हो चुके थे। खाने की मेज़ पर उन्होंने 'बासु की जय' पर नारा लगाया और दो गिलास पानी पी गए। मिसेज डिसूजा की 'हॉटडिश', 'सूप', 'ब्रेड' तैयार था।

"करेले की सब्जी पकाना भी आर्ट है, साब!" डेविड साहब ने ज़ोर-ज़ोर से मुँह चलाया।

"तीन डिश के बराबर एक डिश है।" मिसेज डिसूजा ने एहसान लादा। डेविड उनकी बात अनसुनी करते हुए बोले, "करेले खाने का मज़ा तो सीतापुर में आता था आंटी। कोठी के पीछे किचन गार्डन में डैडी तरह-तरह की सब्जी बुआते थे। ढेर सारे प्याज के साथ इन करेलों में अगर कीमा भरकर पकाया जाए तो क्या कहना!"

हम लोग समझ गए कि अब डेविड साहब बचपन के क़िस्से सुनाएँगे। इन क़िस्सों के बीच नसीबन गवर्नेस का ज़िक्र भी आएगा जो केवल एक रुपया महीना तनख्वाह पाकर भी कितनी प्रसन्न रहा करती थी और जिसका मुख्य काम डेविड बाबा की देखभाल करना था। वह डेविड बाबा को दीपक बाबा ही कहती रही। इसी सिलसिले में उस पिकनिक पार्टी का ज़िक्र आएगा जिसमें डेविड बाबा ने जमुना के स्लोप पर गाड़ी

चढ़ा दी थी। तजुर्बेकार ड्राइवर इस्माइल ख़ाँ को पसीना छूट आया था। ख़ाँ को डाँट कर गाड़ी से उतार दिया था। सब लड़के और लड़कियाँ उतर गए। अंग्रेज़ लड़के की हिम्मत छूट गई थी। परन्तु जॉली ने उतरने से इनकार कर दिया था। डेविड बाबा ने गाड़ी स्टार्ट की। दो मिनट सोचा। गियर बदलकर एक्सीलेटर पर दबाव डाला और गाड़ी एक फर्राटे के साथ ऊपर चढ़ गई। इस्माइल ख़ाँ ने ऊपर आकर डेविड बाबा के हाथ चूम लिये थे। वह बड़े-बड़े अंग्रेज़ अफ़सरों को गाड़ी चलाते देख चुका था मगर डेविड बाबा ने कमाल ही कर दिया था। जॉली ने डेविड बाबा को उसी दिन किस देने का प्रॉमिस किया था।

इन बातों को सुनाते समय डेविड साहब की बिटरनेस ग़ायब हो जाती है। वह डेविड साहब नहीं, दीपक बाबा लगते हैं। हलकी-सी धूल उड़ाती है और सीतापुर की सिविल लाइंस पर बनी बड़ी-सी कोठी के फाटक में 1930 की फोर्ड मुड़ जाती है। फाटक के एक खम्भे पर साफ़ अक्षरों में लिखा हुआ है—पीटर जे. डेविड, डिप्टी कलेक्टर। कोठी की छत खपरैलों की बनी हुई है। कोठी के चारों ओर कई बीघे का कम्पाउंड। पीछे आम और संतरे के बाग। दाहिनी तरफ़ टेनिस कोर्ट और बाईं तरफ़ बड़ा-सा किचन गार्डन। कोठी के ऊँचे बरामदे में बावर्दी चपरासी ऊँघता हुआ दिखाई पड़ेगा। अन्दर हॉल में विक्टोरियन फर्नीचर और छत पर लटकता हुआ हाथ से खींचनेवाला पंखा। दोपहर में पंखा-कुली पंखा खीचते-खींचते ऊँघ जाता है तो मिस्टर पीटर जे. डेविड डिप्टी कलेक्टर अपने विलायती जूतों की ठोकरों से उसके काले बदन पर नीले रंग के फूल उगा देते हैं। बाबा लोग टाई बाँधकर खाने की मेज़ पर बैठकर चिकन सूप पीते हैं। खाना खाने के बाद आइसक्रीम खाते हैं और मम्मी-डैडी को गुडनाइट कहकर अपने कमरे में चले जाते हैं। साढ़े नौ बजे के आस-पास 1930 की फोर्ड फिर स्टार्ट होती है। अब वह या तो क्लब चली जाती है या किसी देशी रईस की कोठी के अन्दर घुसकर आधी रात को डगमगाती हुई लौटती है।

मिसेज डिसूजा के मकान की छत के ऊपर से दिल्ली की रोशनियाँ दिखाई पड़ती हैं। सैकड़ों जंगली जानवरों की आँखें रात में चमक उठती

हैं। पानी पीने के लिए नीचे आता हूँ तो डेविड साहब प्रूफ़ पढ़ रहे हैं। मुझे देखकर मुस्कराते हैं। कलम बन्द कर देते हैं और बैठने के लिए कहते हैं। आँखों में नींद भरी हुई है। वह मुझे धीरे-धीरे समझाते हैं। उनके इस समझाने से मैं तंग आ गया हूँ। शुरू-शुरू में तो मैं उनको उल्लू का पट्ठा समझता था, परन्तु बाद में पता नहीं क्यों उनकी बातें मेरे ऊपर असर करने लगीं। "भाग जाओ इस शहर से। जितनी जल्दी हो सके, भाग जाओ। मैं भी तुम्हारी तरह कॉलेज से निकलकर सीधा इस शहर में आ गया था राजधानी जीतने! गाँड़ के रास्ते यह शहर मेरे अन्दर घुस चुका है।"

"लेकिन कब तक कुछ नहीं होगा, डेविड साहब?"

"उस वक़्त तक, जब तक तुम्हारे पास देने के लिए कुछ नहीं है। और मैं जानता हूँ, तुम्हारे पास वह सब कुछ नहीं है जो लोगों को दिया जा सकता है।"

मैं लौटकर ऊपर आ जाता हूँ। मेरे पास क्या है देने के लिए? ऊँची कुर्सियाँ, कॉकटेल पार्टियाँ, लम्बे-चौड़े लॉन, अंग्रेज़ी में अभिवादन, सूट और टाइयाँ, लड़कियाँ, मोटरें, शॉपिंग! तब ये लोग, जो तंग गलियारों में मुझसे वायदे करते हैं, मुस्कराते हैं, कौन हैं? इसके बारे में फिर सोचना पड़ेगा। और काफ़ी देर तक मैं फिर सोचने का साहस जुटाता हूँ। परन्तु वह पीछे हटाता जाता है। मैं उसकी बाँहें पकड़कर आगे घसीटता हूँ। एक बिगड़े हुए खच्चर की तरह वह अपनी रस्सी तुड़ाकर भाग निकलता है।

मैं फिर पानी के लिए नीचे उतरता हूँ। डेविड अपनी मेज़ पर सिर रख कर सो रहे हैं। प्रूफ़ का पुलिन्दा सामने पड़ा है। मैं उनका कन्धा पकड़कर जगा देता हूँ। "अब सो जाइए। कल आपको साइट देखने जाना है।" उनके चेहरे पर मुस्कराहट आती है। वह कल मुर्ग़ीख़ाना खोलने की साइट देखने जा रहे हैं। इससे पहले भी हम लोग कई साइट देख चुके हैं। डेविड साहब उठकर पानी पीते हैं। फिर अपने पलंग पर इस तरह गिर पड़ते हैं जैसे राजधानी के पैरों पर पड़ गए हों। मैं फिर ऊपर आकर लेट जाता हूँ। 'मैंने कॉलेज में इतना पढ़ा ही क्यों? इतना और उतना की बात नहीं है, मुझे कॉलेज में पढ़ना ही नहीं चाहिए था

और अब दो साल तक ढाई सौ रुपए की नौकरी करते हुए क्या किया जा सकता है? क्यों मुस्कराता और क्यों शान्त रहा? दो साल से दोपहर का खाना गोल करते रहने के पीछे क्या था?' नीचे से भैंस के हगने की आवाज़ आती है। एक परिचित गन्ध फैल जाती है। उस अर्धपरिचित क़स्बे की गन्ध, जिसे मैं अपना घर समझता हूँ, जहाँ मुझे बहुत ही कम लोग जानते हैं। उस छोटे से स्टेशन पर यदि मैं उतरूँ तो गाड़ी चली जाने के बाद कई लोग मुझे घूर कर देखेंगे और इक्का-दुक्का इक्के वाले भी मुझसे बात करते डरेंगे।

उनका डर दूर करने के लिए मुझे अपना परिचय देना पड़ेगा। अर्थात् अपने पिता का परिचय देना पड़ेगा। तब उनके चेहरे पर मुस्कराहट आएगी और वे मुझे इक्के पर बैठने के लिए कहेंगे। दस मिनट इक्का चलता रहेगा तो सारी बस्ती समाप्त हो जाएगी। उस पार खेत हैं जिनका सीधा मतलब है उन पर ग़रीबी है। वे ग़रीबी के अभ्यस्त हैं। पुलिस उनके लिए सर्वशक्तिमान है और अपनी हर होशियारी में वे काफ़ी मूर्ख है—ऊपर आसमान में पालम की ओर जानेवाले हवाई जहाज़ की संयत आवाज़ सुनाई पड़ती है। नीचे सड़क पार बालू वाले ट्रक गुज़र रहे हैं। लदी हुई बालू के ऊपर मज़दूर सो रहे हैं, जो कभी-कभी किसान बन जाने का स्वप्न देख लेते हैं, अपने गाँव की बात करते हैं, अपने खेतों की बात करते हैं, जो कभी उनके थे। ट्रक तेज़ी से चलता हुआ ओखला मोड़ से मथुरा रोड पर मुड़ जाएगा। फ्रेंड्स कालोनी और आश्रम होता हुआ 'राजदूत' होटल के सामने से गुज़रेगा जहाँ रात-भर कैबरे और रेस्तराँ के विज्ञापन नियॉनलाइट में जलते-बुझते रहते हैं। उसी के सामने फुटपाथ पर बहुत से दुबले-पतले, काले और सूखे आदमी सोते हुए मिलेंगे, जिनकी नींद ट्रक की कर्कश आवाज़ से भी नहीं खुलती। ऊपर तेज़ बल्ब की रोशनी में उनके अंग-प्रत्यंग बिखरे दिखाई पड़ते हैं। मैं अक्सर हैरान रहता हूँ कि वे इस चौड़े फुटपाथ पर छत क्यों नहीं डाल लेते? उसके चारों ओर, कच्ची की सही, दीवार तो उठाई जा सकती है। इन सब बातों पर सरसरी निगाह डाली जाए, जैसी कि हमारी आदत है, तो इनका महत्त्व नहीं है। बेवकूफी और भावुकता से भरी बातें। परन्तु

यदि कोई ऊपर से कीड़े की तरह फुटपाथ पर टपक पड़े तो उसको समझ में सब कुछ आ जाएगा।

दिन इस तरह गुज़रते हैं जैसे कोई लंगड़ा आदमी चलता है। अब इस महानगरी में अपने बहुत साधारण और असहाय होने का भाव सब कुछ करवा लेता है। और अपमान, जो इस महानगर में लोग तफ़रीहन कर देते हैं, अब उतने बुरे नहीं लगते जितने पहले लगते थे। ऑफ़िस में अधिकारी की मेज़ पर तिवारी का सूअर की तरह गन्दा मुँह, जो एक ही समय में पक्का समाजवादी भी है और प्रो-अमरीकन भी। उसकी तंग बुश्शर्ट में से झाँकता हुआ हराम की कमाई पर पला तन्दुरुस्त जिस्म और उसकी समाजवादी लेखनी जो हर दूसरी पंक्ति केवल इसलिए काट देती है कि वह दूसरे की लिखी हुई है। उसका रोब-दाब, गम्भीर हँसी, षड्यंत्र-भरी मुस्कान और उसकी मेज़ के सामने उसके साम्राज्य में बैठे हुए चार निरीह प्राणी, जो कलम घिसने के अलावा और कुछ नहीं जानते। उन लोगों के चेहरे में टाइपराइटरों की खड़खड़ाहट। इन सब चीज़ों की मुट्ठी में दबाकर 'क्रश' कर देने को जी चाहता है। भूख भी कमबख़्त लगती है तो इस तरह जैसे सारे शहर का खाना खाकर ही ख़त्म होगी। शुरू में पेट गड़गड़ाता है। यदि डेविड साहब होते तो बात यहीं से झटक लेते, "जी, नहीं, भूख जब ज़ोर से लगती है तो ऐसा लगता है जैसे बिल्लियाँ लड़ रही हों। फिर पेट में हल्का सा दर्द शुरू होता है जो शुरू में मीठा लगता है। फिर दर्द तेज़ हो जाता है। उस समय यदि आप तीन-चार गिलास पानी पी लें तो पेट कुछ समय के लिए शान्त हो जाएगा और आप दो-एक घंटा कोई भी काम कर सकते हैं।" इतना सब कुछ कहने के बाद वह अवश्य सलाह देंगे कि इस महानगरी में भूखों मरने से अच्छा है कि मैं लौट जाऊँ लेकिन यहाँ से निकलकर वहाँ जाने का मतलब है एक ग़रीबी और भुखमरी से निकलकर दूसरी भुखमरी में फँस जाना। इसी तरह की बहुत सारी बातें एक साथ दिमाग़ में कबड्डी खेलती रहती हैं। तंग आकर ऐसे मौके पर डेविड साहब से पूछता हूँ, "ग्रेटर कैलाश की मार्केट चल रहे हैं?" वह मुस्कराते हैं और कहते हैं, "अच्छा तैयार हो जाऊँ।"

मैं जानता हूँ उनके तैयार होने में काफ़ी समय लगेगा। इसलिए मैं बड़े प्रेम से जूते पर पॉलिश करता हूँ। एक मैला कपड़ा लेकर जूते की घिसाई करता हूँ। जूते में अपनी शक्ल देख सकता हूँ। टिपटॉप होकर डेविड साहब से पूछता हूँ, "तैयार है?"

हम दोनों बस स्टाप की तरफ़ जाते हुए एक-दूसरे के जूते देखकर उत्साहित होते हैं। एक अजीब तरह का साहस आ जाता है।

ग्रेटर कैलाश की मार्किट की हर दुकान का नाम हमें ज़बानी याद है। बस से उतरकर हम पेशाबखाने में जाकर अपने बाल ठीक करते हैं। वह मेरी ओर देखते हैं। मैं फ़र्नीचर की ओर देखता हूँ। दो जोड़ा चमचमाते जूते बरामदे में घूमते हैं। मैं फ़र्नीचर की दुकान के सामने रुक जाता हूँ। थोड़ी देर तक देखता रहता हूँ। डेविड साहब अन्दर चलने के लिए कहते हैं और मैं सारा साहस बटोर कर अन्दर घुस जाता हूँ। यहाँ के लोग बड़े सभ्य हैं। एक वाक्य में दो बार 'सर' बोलते हैं। चमकदार जूते दुकान के अन्दर टहलते हैं। डेविड साहब यहाँ कमाल की अंग्रेज़ी बोलते हैं—कन्धे उचकाकर और आँखें निकालकर। चीज़ों को इस प्रकार देखते हैं जैसे वे काफ़ी घटिया हों। मैं ऐसे मौक़ों पर प्रभावित होकर उन्हीं की तरह बिहेव करने की कोशिश करता हूँ।

कन्फ़ेक्शनरी की दुकान के सामने वह बहुत देर तक रुकते हैं। शो विंडो में सब कुछ सजा हुआ है। पहली बार में भ्रम हो सकता है कि सारा सामान दिखावटी है, मिट्टी का परन्तु निश्चय ही ऐसा नहीं है।

"जल्दी चलिए। साला देखकर मुस्करा रहा है।"

"कौन?" डेविड साहब पूछते हैं, मैं आँख से दुकान के अन्दर इशारा करता हूँ और वह अचानक दुकान के अन्दर घुस जाते हैं। मैं हिचकिचाकर बरामदे में आगे बढ़ जाता हूँ। 'पकड़े गए बेटा! बड़े लाटसाहब की औलाद बने फिरते हैं। उनकी जेब में दस पैसे का बस का टिकट और कुल साठ पैसे निकलते हैं। सारे लोग हँस रहे हैं। डेविड साहब ने चमचमाता जूता उतारकर हाथ में पकड़ा और दुकान से भागे।' मैं साहस करके दुकान के अन्दर जाता हूँ। डेविड साहब दुकानदार से बहुत फर्राटेदार अंग्रेज़ी बोल रहे हैं और वह बेचारा घबरा रहा है। मैं ख़ुश होता हूँ। 'ले साले,

कर दिया न डेविड साहब ने डंडा! मुस्करा रहे थे।' डेविड साहब अंग्रेज़ी में उससे ऐसा केक माँग रहे हैं जिसका नाम उसके बाप, दादा, परदादा ने भी कभी न सुना होगा।

बाहर निकलकर डेविड साहब ने मेरे कन्धे पर हाथ रख दिया।

रोज़ की तरह खाने की मेज़ पर यहाँ से वहाँ तक विलायती खाने सजे हुए हैं। मिसेज डिसूजा का मूड कुछ ऑफ़ है। कारण केवल इतना है कि मैं इस महीने की पहली तारीख़ को पैसा नहीं दे पाया हूँ। एक-आध दिन मुँह फूला रहेगा। फिर वे महँगाई के क़िस्से सुनाने लगेंगी। चीज़ों की बढ़ती क़ीमतें सुनते हम लोग तंग आ जाएँगे।

बात करने के लिए कुछ ज़रूरी था और चुप्पी टूटती नहीं लग गई थी, तो मिसेज डिसूजा ने पूछा, आज तुम डिफेंस कॉलोनी जानेवाले थे?"

"नहीं जा सका," डेविड साहब ने मुँह उठाकर कहा।

"अब तुम्हारा सामान कैसे आएगा?" मिसेज डिसूजा बड़बड़ाईं, "बेचारी कैथी ने कितनी मुहब्बत से भेजा है।"

"मुहब्बत से भिजवाया है आंटी?" डेविड साहब चौंके।

"आंटी, उसका हस्बैंड दो हज़ार रुपए कमाता है। कैथी एक दिन बाज़ार गई होगी। सवा सौ रुपए की एक घड़ी और दो क़मीज़ें ख़रीद ली होंगी। और डीनू के हाथ दिल्ली भिजवा दीं। इसमें मुहब्बत कहाँ से आ गई?"

"मगर तुम उन्हें जाकर ले तो आओ।"

"डीनू उस सामान को यहाँ ला सकता है।"

डीनू का डिफेंस कालोनी में अपना मकान है। कार है। डेविड साहब का बचपन का दोस्त है। वह उस शिकार पार्टी में भी था, जिसमें हाथी पर बैठकर डेविड साहब ने फ्लाइंग शॉट में चार गाजें गिरा दी थीं।

"डिफेंस कॉलोनी से यहाँ आना दूर पड़ेगा। और वह बिजी आदमी है।"

"मैं बिजी प्रूफ़रीडर नहीं हूँ?" वह हँसे।

"और वह तो अपनी कार से आ सकता है, जबकि मुझे दो बसें बदलनी पड़ेंगी।" वह दाल-चावल इस तरह खा रहे थे, जैसे 'केक' की याद में हस्तमैथुन कर रहे हों।

"जैसी तुम्हारी मर्ज़ी।"

खाना ख़त्म होने पर कुछ देर के लिए महफ़िल जम गई। मिसेज डिसूजा पता नहीं कहाँ से उस बड़े ज़मींदार का ज़िक्र ले उठीं जो जवानी के दिनों में उन पर दिलोजान से आशिक था, और उनके अवकाश प्राप्त कर लेने के बाद भी एक दिन पता लगाता हुआ दिल्ली में उनके घर आया था। वह पहला दिन था जब इस मकान के सामने सेकेंड-हैंड एंबेसडर खड़ी हुई थी और डेविड साहब को किचन में सोना पड़ा था। उस ज़मीदार का ज़िक्र डेविड साहब को बड़ा भाता है। मैं तो फ़ौरन उस जमींदार की जगह अपने-आपको 'फ़िट' करके स्थिति का पूरा मज़ा उठाने लगता हूँ।

कुछ देर बाद इधर-उधर घूम-घामकर बात फिर खानों पर आ गई। डेविड साहब सेंवई पकाने की तरकीब बताने लगे। फिर सबने अपने-अपने प्रिय खानों के बारे में बात की। सबसे ज़्यादा डेविड साहब बोले।

खाने की बात समाप्त हुई तो मैंने धीरे से कहा, "यार डेविड साहब, इस गाँव में एक लड़की ऐसी है जिस पर नज़र पड़ जाती है तो पाँव काँपने लगते हैं।"

"कैसी है, मुझे बताओ? छिद्दू की बहू होगी या...।"

"बस डेविड, तुम लड़कियों की बात न किया करो। मैंने कितनी ख़ूबसूरत लड़की से तुम्हारा 'इंगेजमेंट' तय किया था।"

"क्या ख़ूबसूरती की बात करती हैं आंटी! अगर जॉली को आपने देखा होता...।"

"जॉली? ख़ैर उसको तो मैंने नहीं देखा। तुमने अगर मेरी लड़की को देखा होता..." उनकी आँखें डबडबा आईं। कुछ देर बाद वह बोलीं, "मगर वह तो...अगर वह होती तो यह दिन न देखना पड़ता। मैं उसकी शादी किसी मिलिटरी अफ़सर से कर देती। उससे तो कोई भी शादी कर सकता था।"

कुछ ठहर कर डेविड साहब से बोलीं, "तुम शादी क्यों नहीं कर लेते डेविड?"

"मैं शादी कैसे कर लूँ आंटी? दो सौ पचहत्तर रुपए इक्कीस पैसे से एक पेट नहीं भरता। एक और लड़की की जान लेने से क्या फ़ायदा?

मेरी ज़िन्दगी तो गुज़र ही जाएगी। मगर मैं यह नहीं चाहता कि अपने पीछे एक ग़रीब औरत और दो-तीन प्रूफ़रीडर छोड़कर मर जाऊँ जो दिन-रात मशीन की कान फाड़ देनेवाली आवाज़ में बैठकर आँखें फोड़ा करें।" वह कुछ रुके फिर बोले, "यही बात मैं इनसे कहता हूँ।" उन्होंने मेरी ओर संकेत किया।

"इस आदमी के पास गाँव में थोड़ी सी ज़मीन है जहाँ गेहूँ और धान की फ़सल होती है। इसको चाहिए कि अपने खेत के पास एक कच्चा घर बना ले। उसके सामने एक छप्पर डाल ले। बस उस पर लौकी की बेल चढ़ानी पड़ेगी। देहात में आराम से एक भैंस पाली जा सकती है। कुछ दिनों बाद मुर्ग़ीखाना खोल सकते हैं। खाने और रहने की कोई फ़िक्र नहीं रह जाएगी। ठाठ से काम करें और खाएँ।"

"उसके बाद आप वहाँ आइएगा तो केक बनाया जाएगा। बहुत से अंडे मिलाकर।" मैंने मज़ाक किया।

दीपक बाबा हँसने लगे। बिलकुल बच्चों की-सी मासूम हँसी।

डंडा

बहुत दूर तक फैले गड्ढे में हाथी दौड़ रहा था, चीख-चिंघाड़ रहा था और गड्ढे के किनारे पर खड़ा आदमी, जिसने हाथी फँसाया था, खड़ा मुस्करा रहा था। हाथी गुस्से से पागल हो रहा था। बाहर आना चाहता था। अपना सिर टकरा रहा था, लेकिन घेराबन्दी इतनी पक्की थी कि उसका बाहर निकल पाना असम्भव लग रहा था। गड्ढा इतना बड़ा और फैला हुआ था कि उसमें ज़रूरत के वे सब काम किए जा सकते थे जो हाथी फँसानेवालों की नज़र में हाथी के लिए ज़रूरी थे।

कुछ देर बाद एक आदमी एक मोटा-सा डंडा ले आया और डंडा उसने हाथी की दुम के नीचे घुसेड़ दिया। हाथी बहुत जोर से चिंघाड़ा और भागकर गड्ढे के दूसरे कोने में चला गया। इस आदमी ने डंडा लिफ़ाफ़े में बन्द करके रख लिया। फिर उसने मुझे बताया कि पन्द्रह दिन तक हाथी को खाने के लिए कुछ नहीं दिया जाएगा।

मैंने कहा, "इसका मतलब यह है कि सधने तक हाथी मर जाएगा!"

उसने कहा, "हाथी मरने पर भी सवा लाख टके का होता है।"

पन्द्रह दिन बाद हाथी काफ़ी कमज़ोर हो गया था। कुछ देर बाद वही आदमी आया और उसने हाथी के डंडा कर दिया। हाथी उछलकर खड़ा हो गया। चीखने और फिर ज़ोर-ज़ोर से रोने लगा और डंडे की पहुँच से दूर भाग गया। उस आदमी ने कहा, "तुम जहाँ भी जाओगे डंडा मिलेगा। यह मत समझो कि डंडा छोटा है। यह बड़ा भी हो सकता है, मोटा भी हो सकता है, अदृश्य भी हो सकता है, पर रहेगा डंडा ही। इससे तुम बच नहीं सकते।" हाथी को फिर पूरे महीने भूखा रखा गया। अब

हाथी पीला पड़ चुका था। उसकी आँखों में उदासी और हार जैसे घर कर गई थी। वह चुपचाप उल्टा लेटा सिसकियाँ ले रहा था। वह आदमी फिर आ गया और उसने हाथी के डंडा कर दिया। हाथी ने सिसकी ली, लेकिन कमज़ोरी के कारण वह न हिल सका और न चीख सका। वह आदमी काफ़ी देर तक हाथी के डंडा करता रहा और हाथी चुपचाप पड़ा कराहता रहा।

कोई चार-पाँच महीने के बाद जब मैं उधर से गुज़रा तो मैंने देखा कि हाथी सध चुका है और उसे पुरातत्त्व विभाग में नौकरी मिल गई है। वह अपनी मेज़ पर बैठा काम कर रहा था। मैंने उससे पूछा कि आप कैसे हैं तो उसने काफ़ी सलीके से मुस्कराकर मुझे सामने पड़ी कुर्सी पर बैठने के लिए कहा और घंटी बजाकर चपरासी को चाय लाने के लिए बुलाया। फिर बोला, "ठीक हूँ।"

मैंने पूछा,

"पत्नी और बच्चे?"

बोला,

"सब ठीक हैं।"

मैंने पूछा,

"मोहल्ले-पड़ोस में?"

कहने लगा,

"सब कुशल-मंगल हैं।"

हम चाय पी रहे थे कि वही आदमी आ गया जो हाथी के डंडा किया करता था उसने फिर डंडा कर दिया। मैं देखकर हैरान रह गया कि डंडा होने पर हाथी वैसी ही हँसी हँसने लगा जैसी हँसी हम सब रोज़ हँसते हैं।

सारी तालीमात

हर तीन-चार साल के बाद शहर में फ़साद हो जाता है। ढाटे बाँधे हुए, 'हर हर महादेव' का नारा लगाते हिन्दुओं के गिरोह मुसलमानों के मोहल्लों पर हमला करते हैं और मुसलमान, हिन्दुओं पर जिहाद बोल देते हैं। आग लगाई जाती है, जो होली-ईद मिलन, एकता के सिद्धान्तों और साम्प्रदायिकता विरोधी कमेटियों की काग़ज़ी दीवार को भस्म कर देती है। दो-चार दिन तक गिरोह सक्रिय रहते हैं। तेजाब, चाकू, लाठियाँ, बल्लम और एक-आध बन्दूक, देसी कट्टे लिए शत्रु की खोज में केवल एक-आध आदमी, औरत या दुकान ही नज़र पड़ती है, जिसका तत्काल फ़ैसला कर दिया जाता है। कासिमपुरे में अफ़वाहों का बाज़ार गर्म हो जाता है। 'आज रात दो हज़ार हिन्दू हमला करनेवाले हैं।' मोहल्ले के लड़के अपनी-अपनी छतों पर ईटें जमा करने लगते हैं। 'आज पुलिस ने मास्टर रहमत अली का घर जला दिया।' 'झूठ! क्या बकते हो? ग़फ़ूर ने अपनी आँखों से देखा है।' 'यही तो गड़बड़ है मियाँ, पुलिस भी उनका साथ देती है, नहीं तो इन धोती बाँधनेवालों को तो एक घंटे में ठीक कर दें। लेकिन सरकार से कौन लड़ सकता है?' कासिमपुरा, नवाबगंज रहमताबाद में मुसलमानों की सौ फ़ीसदी आबादी है। लेकिन पूरे शहर में फिर भी भी हिन्दू ज़्यादा हैं। अगर हमला बोल दिया तो क्या होगा? मौत का डर मोहल्ले की रग-रग में चमक जाता है।

सड़कें ऊसर की तरह सुनसान हो जाती हैं। पुलिस के जूतों और सीटियों की आवाज़ों के सिवा कुछ नहीं सुनाई देता। कभी-कभी पुलिस जीप की आवाज़ आती है और सन्नाटा छा जाता है, 'बड़े पुल के पास

मुसलमान की लाश मिली है।' 'आज पुलिस की गश्त नहीं हो रही है, ज़रूर हमला होगा।' पूरा मोहल्ला एक ठंडे भयानक तनाव और डर में डूब जाता है। चार-पाँच दिन के बाद छुटपुट चाकू की वारदातें शुरू हो जाती हैं। पतली तंग गली के कोने पर तीन-चार आदमी मिलकर राशन की तलाश में निकले किसी झल्लीवाले या रिक्शेवाले को चाकू मार देते हैं। घुटी-घुटी सी भयानक चीख, भागते हुए पैरों की आवाज़ें, खिड़कियाँ खुलने का शोर और फिर 'अल्लाहो अकबर' के नारे सुनाई पड़ते हैं।

इस दंगे के बाद हिन्दुओं के मोहल्ले के आसपास रहनेवाले मुसलमान किसी मुसलमानी मोहल्ले में आ जाते हैं और मुसलमानों की बस्ती के पास रहनेवाले हिन्दू रस्तोगीगंज या रघुबीरपुरा चले जाते हैं।

मुसलमानी मोहल्लों में दाढ़ियों की तादाद बढ़ जाती है। मस्जिद में नमाज़ी अधिक आने लगते हैं। लोग देर तक गिड़गिड़ाकर दुआएँ माँगने लगते हैं। गुंडा पार्टी लूट के माल को इधर-उधर करने में लग जाती है। हथियार जमा करने का चन्दा वसूल करती है। पता नहीं अगले फ़साद में सिर्फ़ गोलियाँ ही चलें। शहर में कितने हिन्दुओं के पास बन्दूकें हैं और कितने मुसलमानों के पास? दस और एक का भी तो औसत नहीं पड़ता, कारतूस जमा किए जाते हैं। लेकिन पुलिस का ख़याल आते ही सबकी हवा बिगड़ जाती है। जुग्गन, रहमत के होटल के सामने बहती नाली में बलगम थूककर कहता है, "यही तो गड़बड़ है जिगर। पुलिस अगर किसी तरफ़ से..."

"अब साले, हाजी जी से चन्दा क्यों नहीं लेते? कारख़ाना चलाते हैं हराम में।"

हाजीजी दाढ़ी पर हाथ फेरते हुए कहते हैं, "इस बार तो माशा-अल्लाह तुम लोगों ने भी कुछ किया।"

"हाजीजी, आप हाथ रख दें तो देखिए क्या नहीं कर दिखाते।"

हाजीजी एक हज़ार रुपया चन्दा देते हैं और जुग्गन की पार्टी चली जाती है। वैसे हाजी जी को एक हज़ार चन्दा देने की कोई ज़रूरत नहीं थी, क्योंकि उनका कारख़ाना कासिमपुरे के बीचोबीच है। कारीगर भी

सौ फ़ीसदी मुसलमान हैं। हाजी जी हिन्दुओं को रखते ही नहीं। कहते हैं, क़ौम की ख़िदमत करने का मौक़ा ख़ुदा ने दिया है तो उसे क्यों छोड़ूँ? मुसलमान कारीगर भी हाजी जी के कारखाने में काम करना चाहते हैं। जान प्यारी है, पैसा नहीं।

शहर तीन हिस्सों में बँटा हुआ है। स्टेशन से उत्तर की तरफ़ चले जाइए तो सिविल लाइन्स का इलाका है। चौड़ी सड़क पर दूर तक कोठियाँ बनी हुई हैं। डी.एम. की कोठी से सड़क शुरू होती है और इंजीनियर साहब की कोठी के पास मुड़ जाती है। यहाँ पर हाजी करीम और वीरेन्द्र बाबू की कोठियाँ एक-दूसरे से मिली हुई बनी हैं। रफ़ीक़ मंज़िल, जहाँ कभी मोहम्मद अली जिन्ना ठहरा करते थे, उनके बराबर में जनसंघ के अध्यक्ष पंडित सोमदत्त गौड़ का बंगला है। नवाब अब्दुल मसीद खाँ, जो अंग्रेज़ी राज में बड़े ऊँचे ओहदे पर काम कर चुके थे, की कोठी के बिलकुल सामने ज़िला कांग्रेस के नेता जी का विशाल 'स्वराज निवास' है।

स्टेशन से दक्खिन की तरफ़ जाइए तो चमकता हुआ साफ़ बाज़ार मिलेगा।

सामान इतना भरा हुआ है कि अगर हर एक घर में एक-एक चीज़ पहुँचा दी जाए तब भी किसी चीज़ की कमी न पड़े। इस सड़क पर रिक्शों, मोटरों, साइकिलों की भीड़ में चलना मुश्किल हो जाता है। इसी सड़क पर शहर के बड़े रेस्तराँ भी हैं और सिनेमाघर भी। शराब की दुकानें भी और जौहरियों की गद्दियाँ भी। यहाँ रात में चमचमाती हुई रॉडों की रोशनी होती है और कूल्हे से कूल्हा छिलता है। इस सड़क के दोनों तरफ़ गलियाँ हैं। कुछ हद तक साफ़-सुथरी और पक्की गलियों में पक्के मकान बने हुए हैं जिनमें हिन्दू रहते हैं। इन मोहल्लों में मकान लेने कोई मुसलमान नहीं जाता। जैसे उनको मालूम है कि शहर का यह हिस्सा दूसरी तरह के लोगों के लिए बना है और वे दूसरी तरफ़ के लोग हैं। दफ़्तरों के बाबू, स्कूल के मास्टर, छोटे दुकानदार, अलग-अलग नौकरियों और धन्धों में लगे हुए वे सब हिन्दू हैं। इसी सड़क पर और बढ़ते चले जाइए तो बड़े चौराहे के बाद चमकीली दुकानें ख़त्म हो जाएँगी। कुछ फल बेचनेवालों

की छोटी-छोटी और पुरानी दुकानें हैं जिनमें बैठे दुकानदार सूरत ही से मुसलमान लगते हैं। जवानों के चेहरों पर काली खसखसी दाढ़ी और आँखों में सख़्ती दिखाई पड़ती है। बूढ़ों के चेहरों पर सफ़ेद लम्बी दाढ़ी या माथे पर गट्टे का निशान। वे अपनी दुकानों पर इस तरह बैठते हैं, जैसे घर में आराम से बैठे हों। बैठे-बैठे 'नहीं' कह देने में इनका कोई जवाब नहीं है। ग्राहकों को देखकर न हँसते हैं और न मुस्कराते हैं। शायद ग्राहकों का आना इनको अच्छा नहीं लगता। न उनकी पूरी बात सुनने की कोशिश करते हैं और न अपनी पूरी बात उनको बताते हैं।

बाद वालों की दुकानों के बाद से बाज़ार की चहल-पहल अपना रंग-ढंग बदल लेती है। अब बाईं तरफ़ एक लाइन से बिस्कुट बनानेवालों की दुकानें हैं जहाँ दुकानदार तहमद बाँधे, बनियान पहने बिस्कुटों के लिए मैदा फेंटते दिखाई पड़ते हैं। आठ-नौ साल के बच्चे बड़े-बड़े बर्तनों को धोते, गन्दी-गन्दी गालियाँ बकते रहते हैं। हर दुकान पर एक-आध आदमी बेकार बैठा दिखाई पड़ता है। बिस्कुट बनानेवाली गन्दी दुकानों के सामने लाइन से दूर तक खाने के होटल हैं। कभी-कभी यह सोचकर आश्चर्य हो सकता है कि इस बस्ती में रहनेवाले लोगों ने खाने के अतिरिक्त और किसी चीज़ की दुकान खोलने की बात क्यों नहीं सोची? सिर्फ़ चाय की दुकानें, बिस्कुट की दुकानें, खाने के होटल कवाब की दुकानें ही दूर तक दिखाई देती हैं। पहला यासीन टी स्टाल है। अन्दर सफ़ेद पत्थर की मेजों पर लगातार मक्खियाँ भिनकती रहती हैं। उर्दू के एक-दो अख़बार, जिन पर काफ़ी चाय गिर चुकी है, बुलन्द आवाज़ में पढ़े जाते हैं। यासीन दुकान के सामनेवाले दर में भट्टी के सामने खड़ा चाय बनाता रहता है या ऊपर लगे रेडियों के कान उमेठा करता है, जिस पर जालीदार ग़िलाफ़ चढ़ा हुआ है। भट्टी के दाहिनी तरफ़ शीशे के गन्दे मर्तबानों में बिस्कुट भरे रहते हैं जिनसे यासीन बिलकुल तटस्थ दिखाई देता है। इन बिस्कुटों को जब कोई ग्राहक माँगता है तो यासीन बड़ी बेज़ारी से एक बिस्कुट इस तरह मेज़ पर रख देता है, जैसी गाली दे रहा हो। ये पुराने बिस्कुट सिर्फ़ औंटी हुई चाय में डुबोकर ही खाए जा सकते हैं। यासीन टी स्टाल के बाद एक कबाब वाले की छोटी-सी दुकान है जो भैंस के

क़ीमे की सींक लगाता है। इस दुकान के सामने खड़े होने पर आग की चिंगारियों के साथ भुने गोश्त की ख़ुशबू नाक में घुस जाती है। साथ ही लगा हुआ खाने का एक और होटल है जिसके नाम का बड़ा बोर्ड दसियों बरसातों को न सह पाने की वजह से जंग लगा टीन बन चुका है। एक बहुत बड़े थाल में रखी बिरयानी के पीछे मोटा अब्दुल ग़फ़ूर बैठा गोश्त निकाला करता है। उसके चारों तरफ़ बड़ी पतीलियों में कीमा, कलेजी, भेजा, छोटे का और बड़े का गोश्त सजा रहता है। खजहे कुत्ते होटल के अन्दर आकर मेज़ के नीचे से हड्डियाँ उठा ले जाते हैं। होटल में काम करनेवाले लड़के गन्दे और चीकट कपड़े पहने ग्राहकों के सामने बड़े गोश्त की रकाबियाँ और रोटियाँ पटक देते हैं। हड्डी को चबाकर नीचे फ़र्श पर फेंक देने या खाना खाने की कुर्सी पर बैठे-ही-बैठे गिलास के अन्दर हाथ डालकर हाथ धो लेने पर किसी को एतराज नहीं होता। दीवारों पर इस्लामी कलैंडर या मक्का-मदीने की तस्वीरें या क़ुरआन की आयतें आने-जानेवालों को दिखती हैं। होटल के बैरे, जिन्हें किसी भी तरह आप बैरा नहीं कह सकते, से अगर खाने के बारे में पूछें तो वे एक ही साँस में दस खानों के नाम गिनवाकर आपकी तरफ़ इस तरह देखेंगे जैसे एहसान किया हो। इसके बाद बिस्मिल्ला होटल है जो और भी गन्दा और सस्ता है।

इन दुकानों और होटलों से ये तो पता चल जाता है कि इन मोहल्ले में रहनेवालों को खाने और विशेष रूप से गोश्त खाने में बड़ी दिलचस्पी हैं। गन्दे और फटे चीथड़े लगाए, खाँसी से बेतरह परेशान, छोटे-छोटे लड़के हाथ में कई जगह से चिपटा अल्मुनियम का प्याला लिए आते हैं, "क़ीमा दे दो, क़ीमा, एक प्लेट।" और क़ीमा लेकर गली में भाग जाते हैं। इन गलियों में इतनी जगह भी नहीं है कि तीन-चार आदमी एक साथ चल सकें। दोनों तरफ़ की ऊँची दीवारों के कारण गली में हल्का सा अँधेरा और सीलन रहती है। ककई ईंट से बनी दीवारों पर मर्दानगी बढ़ानेवाली दवाओं के इश्तिहार या उर्दू में लगे पोस्टर दिखाई पड़ते हैं, जो किसी 'मीलाद शरीफ़' या 'उर्दू के क़त्ल' और 'क्रीम पर मुसीबत' की इत्तिला देते हैं। आमतौर पर घरों के नाबदान गली में खुलते हैं जिसके

ऊपर लटका टीन गलकर ग़ायब हो चुका होता है। ऊपर कोठी से रेडियो की तेज़ आवाज़ या चीख़-पुकार सुनाई देती है। टीन के गले पाइपों से ऊपर का गन्दा पानी गली में गिरता है तो उसके छींटे पूरी गली में फैल जाते हैं। गली में खुलनेवाले पुराने और बरसाती पानी में गले दरवाज़ों पर टाट का चिथड़ा पर्दा किसी भी वजह से कभी हट जाता है तो धुआँया दालान दिखाई पड़ जाता है। सुबह और शाम कोयले की अंगीठियाँ जब गली में आ जाती हैं तो पूरी गली नीचे धुएँ से घिर जाती है। किसी पर्दे के पीछे से कोई पीले या पतले चेहरे वाली लड़की झाँकती है। और दो नंगे बच्चे, जिनके पेट फूले होते हैं, अन्दर घुस जाते हैं।

यह शहर का तीसरा हिस्सा है जहाँ सौ फ़ीसदी मुसलमान रहते हैं। इन मोहल्लों में शायद ही कभी कोई हिन्दू आता हो। आने की ज़रूरत ही क्या है? और मकान लेने या रहने का तो सवाल ही नहीं पैदा होता। हाँ, इन मोहल्लों के पीछे कुछ चमार, पासी या कुछ इसी तरह के लोग झोंपड़ियों में रहते हैं। ये लोग भी इसी तरह की ज़लील और भुखमरी वाली ज़िन्दगी जीते हैं, जैसी कि मोहल्ले के दूसरे लोग।

इस मोहल्ले से म्युनिसिपैलिटी में मुसलमान ही इलेक्शन जीतते हैं। हिन्दू खड़े ही नहीं होते। स्कूलों के मास्टर मुसलमान हैं। डाक्टर मुसलमान हैं, दुकानदार मुसलमान हैं, छोटे-मोटे दूसरे काम करनेवाले मुसलमान हैं।

इस नीम के पासवाली गली के अन्दर चले जाइए तो आगे चलकर एक बड़ा-सा पुराना मकान दिखाई पड़ेगा, जिसके दरवाज़े पर छोटी-सी तख़्ती में 'हाजी अब्दुल करीम एंड को' लिखा दिखाई देगा। यही हाजीजी का कारख़ाना है।

'हाजी अब्दुल करीम एंड को' के ताले ही हिन्दुस्तान के मशहूर ताले हैं। आजकल तो कोई भी ऐरा-गैरा नत्थू-खैरा ताला बनाने का काम शुरू कर देता है, नहीं तो सन् तीस में सिर्फ़ हाजी का एक कारख़ाना था।

एक हज़ार रुपए देना हाजीजी को खल गया था। लेकिन और कोई रास्ता नहीं था। यही लोग वक़्त पर काम आते हैं। कॉमरेड थानसिंह ने जिस ज़माने में मज़दूरों से दोस्ती करनी शुरू की तो हाजीजी ने जुग्गन ही से

कहा था और जुग्गन ने सब ठीक कर दिया था।

हाजीजी ने टोपी उतारी, सिर पर हाथ फेरा और 'अल्लाह-अल्लाह' करके तख़्त पर लेट गए। अन्दर कारखाने में काम हो रहा था। हाजीजी ने लेटे-ही-लेटे एक अँगड़ाई ली और ज़ोर से बोले, "रहमत, मुझे एक कटोरा पानी पिला दे।"

अन्दर लोहा पीटने और छोटे-बड़े हथौड़े चलने की आवाज़ों में हाजीजी की आवाज़ दब गई। वह फिर जोर से चिल्लाए।

"कहाँ रहते हो? तुम्हें घंटों से बुला रहा था।"

हाजीजी रहमत को देखकर बोले। वह अन्दर से निकलकर आया था। "मुझे एक कटोरा पानी पिला दो। और वह ऑर्डरवाला खत लिखा या नहीं? आज स्टेशन से बिल्टी भी छुड़ानी है। और लीवर, कमानी, स्क्रू का काम जो मोहल्ले में बँटा था, वापस हो गया?" वह पाँव तकिए से लगाकर बैठ गए। उनकी बड़ी तोंद एक छोटा-सा टीला लगने लगी। आठवीं पास रहमत हाजीजी का मैनेजर है। दफ्तर में झाड़ू देने से लेकर लिखा-पढ़ी तक का काम करता है। हाजीजी उससे बड़ा ख़ुश रहते हैं, लेकिन कभी ज़ाहिर नहीं होने देते। सौ रुपए में ऐसा मैनेजर आजकल कहाँ मिलेगा?

"रब्बन ही का काम अभी तक नहीं आया है। फ़साद में उसका घर जल गया था न! इस वजह से।"

"कितने का माल था?"

"तीन सौ का।"

"ठीक है। मज़दूरी में धीरे-धीरे काट लो। आए तो और माल बनाने को दे देना। अल्लाह-अल्लाह क़ौम पर क्या मुसीबत आई है।" वह पानी पीकर फिर लेट गए।

लीवर, कमानी, स्क्रू, रिपिट और कवर बनाने का काम हाजीजी मोहल्ले में बँटवा देते हैं, बल्कि औरतें ख़ुद ही आकर ले जाती हैं। ये छोटे-मोटे काम औरतें-बच्चे कर लेते हैं। दिन-भर औरतें, लड़कियाँ और बच्चे काम करके शाम को कारख़ाने में आकर दे जाते हैं और महीने में हिसाब हो जाता है। हाजी जी बड़े फ़ख़्र से कहते हैं,

"इसीलिए तो मैं बड़ी मशीनें नहीं लगाता। ग़रीबों की रोटी मारी जाएगी। अभी कम-से-कम पेटभर खाना तो मिल जाता है।"

हाजीजी पढ़े कम लेकिन कढ़े ज़्यादा हैं। उन्हें मालूम है कि बड़ी मशीनें लगाने से वह मिट सकते हैं। वह घाटे का काम है। अभी तो फैक्ट्री एक्ट ही नहीं लागू होता 'हाजी अब्दुल करीम एंड को' पर जो काम कम-से-कम तीन सौ आदमी करते, मोहल्ले की औरतें कर देती हैं। लेबर इंस्पेक्टर के आने से पहले ही चन्दू का लौंडा जो लेबर ऑफ़िस में चपरासी है, आकर हाजीजी को बता देता है। हाजी आधे से ज़्यादा मज़दूरों और कारीगरों को पिछली खिड़की से बाहर कर देते हैं। ऐसी बात नहीं कि लेबर इंसपेक्टर नहीं जानता। हाजी को मुँह बन्द करने के तरीक़े मालूम हैं। अब जब फ़ैक्ट्री एक्ट ही नहीं लागू हो पाता तो छुट्टियाँ, बोनस, ई.एस.आई. का झगड़ा ही ख़त्म हो जाता है। हाजीजी इतवार की छुट्टी भी नहीं देते। कहते हैं, वही होगा जो होता चला आया है। जिसे न करना हो वह वीरेन्द्र बाबू के कारख़ाने में चला जाए। वीरेन्द्र बाबू के कारखाने का नाम आते ही सबके चेहरे सुत जाते हैं। सैकड़ों हिन्दुओं के बीच एक-आध मुसलमान कैसे काम कर सकता है, अगर किसी दिन फ़साद हो गया तो?

हाजीजी कर्रा पड़ने के बाद मुसलमानी लहजे में समझाते हैं। "इस्लाम तुम्हें यह सिखाता है कि एक मुसलमान के कारख़ाने का काम छोड़कर थोड़े से लालच में हिन्दू के कारख़ाने में चले जाओ? वीरेन्द्र बाबू से तुम्हारा क्या रिश्ता है? मैंने माना कि तुमको यहाँ तकलीफ़ है थोड़ी, लेकिन आराम भी तो है। ईद-बकरीद की छुट्टी देता हूँ। नमाज़-रोज़े में तुम्हारे साथ हूँ। अरे भाई, मैं तो यहाँ से वहाँ तक तुम्हारे साथ हूँ। कोई ज़्यादाती करूँ तो अल्लाह के यहाँ दामन थाम सकते हो। लेकिन वीरेन्द्र बाबू के यहाँ क्या करोगे? अगर कभी फ़साद हो गया तो मार ही तो दिए जाओगे न? इस्लाम की सारी तालीमात को भूल गए हो? यही तो क़ौम में सबसे बड़ी ख़राबी है कि एक मुसलमान किसी दूसरे भाई का फ़ायदा नहीं देख सकता। जाओ भाई जाओ, जिसे जाना हो जाओ। मैं तो वही करूँगा जो करता आया हूँ।" वह अपनी लाल आँखों से मज़दूरों की तरफ़ देखते हैं।

"जाओ वीरेन्द्र बाबू के कारखाने! अपने मुसलमान भाई के मिट जाने की परवाह क्यों करते हो?" उनकी आँखों में आँसू आ जाते हैं, "अल्लाह-अल्लाह।" कोई नहीं जाता। सब सच्चे मुसलमान हैं। पावर प्रेस चलने लगती हैं। लोहा गलाया जाने लगता है और पुराना बड़ा मकान धुएँ और उसकी बदबू से भर जाता है। सेठ हाजी करीम बाहरी कमरे यानी ऑफ़िस में गाव-तकिए लगाकर लेट जाते हैं। सोचते हैं, 'अल्लाह की बड़ी मेहरबानी है उन पर। दूसरे कारख़ानों में कभी पी.एफ. के लिए हड़ताल होती है तो कभी कंपंसेशन ग्रेच्युटी के लिए धरना होता है। ले-ऑफ और लॉक आउट के चक्करों में कहीं काम हो सकता है? इनकम टैक्स, प्रोफ़ेशनल टैक्स और पता नहीं कैसे-कैसे टैक्स लगे हुए हैं। किसी मज़दूर को निकाल नहीं सकते, किसी को रख नहीं सकते तो फिर मालिक काहे के?' हाजीजी "अल्लाह-अल्लाह" करके फिर लेट गए। कारख़ाने में काम हो रहा था।

मुश्किल काम

जब दंगे ख़त्म हो गए, चुनाव हो गए, जिन्हें जीतना था जीत गए, जिनकी सरकार बननी थी बन गई, जिनके घर और जिनके ज़ख़्म भरने थे भर गए, तब दंगा करनेवाली दो टीमों की एक इत्तफ़ाक़ी मीटिंग हुई। मीटिंग की जगह आदर्श थी—यानी शराब का ठेका—जिसे सिर्फ़ चन्द साल पहले से ही 'मदिरालय' कहा जाने लगा था। वहाँ दोनों गिरोह जमा थे, पीने-पिलाने के दौरान किसी भी विषय पर बात हो सकती है, तो बातचीत ये होने लगी कि पिछले दंगों में किसने कितनी बहादुरी दिखाई, किसने कितना माल लूटा, कितने घरों में आग में आग लगाई, कितने लोगों को मारा, कितने बम फोड़े, कितनी औरतों का क़त्ल किया, कितने बच्चों की टाँगे चीरीं, कितने अजन्म बच्चों का काम तमाम कर दिया, आदि-आदि।

मदिरालय में कभी कोई झूठ नहीं बोलता, यानी वहाँ कही गई बात अदालत में गीता या क़ुरान पर हाथ रखकर खाई गई क़सम के बराबर होती है। इसलिए यहाँ जो कुछ लिखा जा रहा है, सच है और सच के सिवा कुछ नहीं है। ख़ैरियत ख़ैरसल्ला पूछने के बाद बातचीत इस तरह शुरू हुई। पहले गिरोह के शख़्स ने कहा, "तुम लोग तो ज़नख़े हो, ज़नख़े—हमने सौ दुकानें फूँकी हैं।" दूसरे ने कहा, "उसमें तुम्हारा कोई कमाल नहीं है। जिस दिन तुमने आग लगाई, उस दिन तेज़ हवा चल रही थी—आग तो हमने लगाई थी जिसमें तेरह आदमी जल मरे थे।"

बात चूँकि आग से आदमियों पर आई थी, इसलिए पहले ने कहा, "तुम तेरह की बात करते हो? हमने छब्बीस आदमी मारे हैं।"

दूसरा बोला,

"छब्बीस मत कहो।"

"क्यों?"

"तुमने जिन छब्बीस को मारा है—उनमें बारह तो औरतें थीं।"

यह सुनकर पहला हँसा। उसने एक पव्वा हलक में उड़ेल लिया और बोला

"गधो, तुम समझते हो औरतों को मारना आसान है?"

"हाँ।"

"नहीं, ये ग़लत है।" पहला गरजा।

"कैसे?"

"औरतों की हत्या करने से हमले उनके साथ बलात्कार करना पड़ता है, फिर उनके गुप्तांगों को फाड़ना-काटना पड़ता है—तब कहीं जाकर उनकी हत्या की जाती है।"

"लेकिन वे होतीं कमज़ोर हैं।"

"तुम नहीं जानते औरतें कितने ज़ोर से चीख़ती हैं—और किस तरह हाथ-पैर चलाती हैं—उस वक़्त उनके शरीर में पता नहीं कहाँ से ताक़त आ जाती है।"

"ख़ैर छोड़ो, हमने कुल बाईस मारे हैं—आग में जलाए इसके इलावा हैं।" दूसरा बोला।

पहले ने पूछा,

बाईस में बूढ़े कितने थे?"

"झूठ नहीं बोलता—सिर्फ़ आठ थे।"

"बूढ़ों को मारना तो बहुत ही आसान है—उन्हें क्यों गिनते हो?"

"तो क्या तुम दो बूढ़ों को एक जवान के बराबर भी न गिनोगे?"

"चलो, चार बूढ़ों को एक जवान के बराबर गिन लूँगा।"

"ये तो अँधेर कर रहे हो।"

"अबे अँधेर तू कर रहा है—हमने छब्बीस आदमी मारे हैं—और तू हमारी बराबरी कर रहा है।"

दूसरा चिढ़ गया, बोला,

"तो अब तू ज़बान ही खुलवाना चाहता है क्या?"

"हाँ-हाँ, बोल बे—तुझे किसने रोका है!"

"तो कह दूँ सबके सामने साफ़-साफ़?"

"हाँ-हाँ, कह दो।"

"तुमने जिन छब्बीस आदमियों को मारा है—उनमें ग्यारह तो रिक्शे वाले, झल्ली वाले और मज़दूर थे, उनको मारना कौन-सी बहादुरी है?"

"तूने कभी रिक्शेवालों, मज़दूरों को मारा है?"

"नहीं—मैंने कभी नहीं मारा।" वह झूठ बोला।

"अबे तूने रिक्शे वालों, झल्ली वालों और मज़दूरों को मारा होता तो ऐसा कभी न कहता।"

"क्यों?"

"पहले वे हाथ-पैर जोड़ते हैं—कहते हैं, बाबूजी, हमें क्यों मारते हो—हम न हिन्दू हैं न मुसलमान—न हम वोट देंगे—न चुनाव में खड़े होंगे—न हम गद्दी पर बैठेंगे—न हम राज करेंगे—लेकिन बाद में जब उन्हें लग जाता है कि वे बच नहीं पाएगा तो एक-आध को ज़ख़्मी करके ही मरते हैं।

दूसरे ने कहा, "अरे, ये सब छोड़ो, हमने जो बाईस आदमी मारे हैं—उनमें दस जवान थे—कड़ियल जवान।"

"जवानों को मारना सबसे आसान है।"

"कैसे? ये तुम कमाल की बात कर रहे हो!"

"सुनो, जवान जोश में आकर बाहर निकल आते हैं। उनके सामने एक-दो नहीं पचासों आदमी होते हैं—हथियारों से लैस—एक आदमी पचास से कैसे लड़ सकता है—आसानी से मारा जाता है।"

इसके बाद मदिरालय में सन्नाटा छा गया, दोनों चुप हो गए। उन्होंने कुछ और पी, कुछ और खाया, कुछ बहके, फिर उन्हें ध्यान आया कि उनका तो आपस में कम्पटीशन चल रहा था।

पहले ने कहा, "तुम चाहे जो कहो—हमने छब्बीस आदमी मारे हैं—और तुमने बाईस।"

"नहीं, यह ग़लत है—तुमने हमसे ज़्यादा नहीं मारे।" दूसरा बोला।

"क्या उल्टी-सीधी बातें कर रहे हो—हम चार नम्बरों से तुमसे आगे हैं।"

दूसरे ने ट्रम्प का पत्ता चला, "तुम्हारे छब्बीस में बच्चे कितने थे?"

"आठ थे।"

"बस, हो गई बात बराबर।"

"कैसे?"

"अरे, बच्चों को मारना तो बहुत आसान है, जैसे मच्छरों को मारना।"

"नहीं बेटा, नहीं—ये बात नहीं है—तुम अनाड़ी हो।"

दूसरा ठहाका लगाकर बोला,

अच्छा तो बच्चों को मारना बहुत कठिन है?"

"हाँ।"

"कैसे?"

"बस है।"

"बताओ न।"

"बताया तो।"

"क्या बताया?"

"यही कि बच्चों को मारना बहुत मुश्किल काम है—उनको मारना जवानों को मारने से भी मुश्किल है—औरतों को मारने से क्या, मज़दूरों को मारने से भी मुश्किल।"

"लेकिन क्यों?"

"इसलिए कि बच्चों को मारते वक़्त..."

"हाँ-हाँ, बोलो रुक क्यों गए?"

"बच्चों को मारते समय—अपने बच्चे याद आ जाते हैं।"

गुरु-चेला संवाद

1

चेला : गुरु जी, क्या हमारे देश के मुसलमान विदेशी हैं?

गुरु : हाँ, शिष्य, वे विदेशी हैं।

चेला : वे कहाँ से आए हैं?

गुरु : वे ईरान, तूरान और अरब से आए हैं?

चेला : लेकिन अब वे कहाँ के नागरिक हैं?

गुरु : भारत के।

चेला : वे कहाँ की भाषाएँ बोलते हैं?

गुरु : भारत की भाषाएँ बोलते हैं।

चेला : उनके रहन-सहन तथा सोच-विचार का तरीक़ा किस देश के लोगों जैसा है?

गुरु : भारत के लोगों जैसा है।

चेला : तब वे विदेशी कैसे हुए गुरुजी?

गुरु : इसलिए हुए कि उनका धर्म विदेशी है।

चेला : बौद्ध धर्म कहाँ का है गुरुजी?

गुरु : भारतीय है शिष्य।

चेला : तो क्या चीनी, जापानी, थाई और बर्मी बौद्धों को भारत चले आना चाहिए?

गुरु : नहीं-नहीं शिष्य! चीनी, जापानी और थाई का यहाँ आकर क्या करेंगे?

चेला : तो भारतीय मुसलमान ईरान, तूरान और अरब जाकर क्या करेंगे?

2

गुरु : चेला, हिन्दू-मुसलमान एक साथ नहीं रह सकते।

चेला : क्यों गुरुदेव?

गुरु : दोनों में बड़ा अन्तर है

चेला : क्या अन्तर है?

गुरु : उनकी भाषा अलग है—हमारी अलग है।

चेला : क्या हिन्दी, कश्मीरी, सिंधी, गुजराती, मराठी, मलयालम, तमिल, तेलुगु, उड़िया, बंगाली आदि भाषाएँ मुसलमान नहीं बोलते—वे सिर्फ़ उर्दू बोलते हैं?

गुरु : नहीं-नहीं, भाषा का अन्तर नहीं है—धर्म का अन्तर है।

चेला : मतलब दो अलग-अलग धर्मों के माननेवाले एक देश में नहीं रह सकते?

गुरु : हाँ—भारतवर्ष केवल हिन्दुओं का देश है।

चेला : तब तो सिखों, ईसाइयों, जैनियों, बौद्धों, पारसियों, यहूदियों को इस देश से निकाल देना चाहिए?

गुरु : हाँ, निकाल देना चाहिए।

चेला : तब इस देश में कौन बचेगा?

गुरु : केवल हिन्दू बचेंगे—और प्रेम से रहते हैं।

चेला : उसी तरह जैसे पाकिस्तान में सिर्फ़ मुसलमान बचे हैं और प्रेम से रहते हैं।

3

गुरु : शिष्य मुसलमानों से घृणा किया करो।

चेला : क्यों गुरुदेव?

गुरु : क्योंकि वे गन्दे, अनपढ़ और अत्याचारी होते हैं।

चेला : समझ गया गुरुदेव, आपका मतलब है, गन्दे, अनपढ़ और अत्याचारी लोगों से घृणा करनी चाहिए।

गुरु : नहीं-नहीं, ये नहीं। दरअसल मुसलमानों से इसलिए घृणा करनी चाहिए क्योंकि वे बड़े कट्टर धार्मिक होते हैं।

चेला : मैं कट्टर धार्मिक लोगों से घृणा करता हूँ गुरुदेव?

गुरु : नहीं-नहीं। तुम समझे नहीं—वास्तव में मुसलमानों से घृणा इसलिए करनी चाहिए कि उन्होंने हमारे ऊपर शासन किया था।

चेला : तब तो ईसाईयों से भी घृणा करनी चाहिए।

गुरु : नहीं-नहीं, शिष्य—मुसलमानों से घृणा करने का मुख्य कारण यह है कि उन्होंने देश का बँटवारा कराया था।

चेला : तो देश का बँटवारा करानेवालों से घृणा करनी चाहिए?

गुरु : हाँ—बिलकुल। देश को बाँटनेवालों से घृणा करनी चाहिए।

चेला : और देशवासियों को बाँटनेवालों से क्या करना चाहिए?

4

चेला : गुरुजी, साम्प्रदायिक दंगों में कौन लोग मरते हैं?

गुरु : साम्प्रदायिक दंगों में बड़े-बड़े पंडित, मौलवी, बड़े-बड़े सेठ-साहूकार और बड़े अधिकारी मरते हैं।

चेला : और कौन लोग कभी नहीं मरते?

गुरु : मामूली लोग, कारीगर, दस्तकार, रिक्शे वाले, झल्ली वाले, नौकरी-पेशा आदि नहीं मरते।

चेला : तो गुरुजी, दंगे न रुकने का कारण क्या है?

गुरु : साफ़ है शिष्य—आम लोग दंगे रुकवाने में कोई रुचि नहीं लेते।

चेला : और बड़े-बड़े लोग?

गुरु : बड़े-बड़े लोग तो बेचारे दंगे रुकवाने की कोशिशें करते हैं—पंडित-मौलवी दंगे रुकवाने के लिए धर्म की दुहाई देते हैं। राजनीतिक दलों के नेता दंगे रोकने के लिए अपनी पूरी शक्ति लगा देते हैं—सेठ-साहूकार

दंगे रुकवाने के लिए चन्दे देते हैं—सरकारी अधिकारी दंगे रोकने की भरसक कोशिश करते हैं

चेला : इसके बाद भी दंगे क्यों नहीं रुकते?

गुरु : यही तो रहस्य है बेटा—इसे समझ जाओगे—और किसी दंगे में मार दिए जाओगे।

5

चेला : गुरुजी, साम्प्रदायिक दंगों में हत्याएँ आदि करनेवालों को कानून कोई सज़ा क्यों नहीं देता?

गुरु : यह हमारे कानून की महानता है शिष्य।

चेला : कैसे गुरुजी?

गुरु : हमारी अदालतें दंगों से हत्याएँ करनेवालों की भावनाओं को समझती हैं।

चेला : क्या समझती हैं?

गुरु : शिष्य, साम्प्रदायिक दंगे में जो मरता है वह सीधे स्वर्ग जाता है न?

चेला : हाँ, जाता है।

गुरु : तो उसे स्वर्ग भेजने का उपकार कौन करता है?

चेला : हत्या करनेवाला।

गुरु : बिलकुल ठीक। तो शिष्य, हमारा कानून इतना बेशर्म तो नहीं है कि उपकार करनेवालों को फाँसी पर चढ़ा दे।

6

चेला : गुरुजी, दंगे कैसे रोके जा सकते हैं?

गुरु : शिष्य, इस सवाल का जवाब तो पूरे देश के पास नहीं है। राष्ट्रपति के पास नहीं है, प्रधानमंत्री के पास नहीं है। पूरे मंत्रिमंडल के पास नहीं है। बुद्धिजीवियों के पास नहीं है।

चेला : गुरुजी—मनुष्य चाँद पर पहुँच गया है, प्रकृति पर विजय पा

ली है—असम्भव सम्भव हो गया है—वैज्ञानिकों को यह खोजने का काम क्यों नहीं सौपा गया कि दंगे कैसे रोके जा सकते हैं?

गुरु : शिष्य, वैज्ञानिकों को इस काम पर लगाया गया था—पर उनका कहना है कि यह धार्मिक मामला है।

चेला : फिर धार्मिक लोगों को इस काम पर लगाया गया?

गुरु : हाँ, धार्मिक लोग कहते हैं यह सामाजिक मामला है।

चेला : समाजशास्त्री क्या कहते हैं?

गुरु : उन्होंने कहा कि राजनीतिक मामला है।

चेला : फिर राजनीतिज्ञों ने क्या कहा?

गुरु : उन्होंने कहा कि यह कोई मामला ही नहीं है।

7

चेला : साम्प्रदायिक दंगों की ज़िम्मेदारी क्या प्रधानमंत्री पर आती है गुरुजी?

गुरु : नहीं।

चेला : मुख्यमंत्री पर आती है?

गुरु : नहीं।

चेला : गृहमंत्री पर आती है?

गुरु : नहीं।

चेला : सांसद या विधायक पर आती है?

गुरु : नहीं।

चेला : ज़िलाधिकारियों, पुलिस अधिकारियों पर आती है?

गुरु : नहीं।

चेला : फिर साम्प्रदायिक दंगों की ज़िम्मेदारी किस पर आती है?

गुरु : जनता पर।

चेला : मतलब?

गुरु : मतलब हम पर।

चेला : मतलब?

गुरु : मतलब किसी पर नहीं।

मैं हिन्दू हूँ

ऐसी चीख़ कि मुर्दे भी क़ब्र में से उठकर खड़े हो जाएँ। लगा कि आवाज़ बिलकुल कानों के पास से आई है। उन हालात में—मैं उछलकर चारपाई पर बैठ गया, आसमान पर अब भी तारे थे—शायद रात का तीन बजा होगा। अब्बाजान भी उठ बैठे। चीख़ फिर सुनाई दी। सैफ़ू अपनी खुर्रा चारपाई पर लेटा चीख़ रहा था। आँगन में एक सिरे से सबकी चारपाइयाँ बिछी थीं।

"लाहौलविलाकुव्वत।" अब्बाजान ने लाहौल पढ़ी।

"ख़ुदा जाने ये सोते-सोते क्यों चीख़ने लगता है।" अम्माँ बोलीं।

"अम्माँ इसे रात भर लड़के डराते हैं।" मैंने बताया।

"उन मुओं को भी चैन नहीं पड़ता—लोगों की जान पर बनी है और उन्हें शरारत सूझती है।" अम्माँ बोलीं।

सफ़िया ने चादर से मुँह निकालकर कहा, "इससे कहो छत पर सोया करे।"

सैफ़ू अब तक नहीं जगा था। मैं उसके पलंग के पास गया और झुककर देखा कि उसके चेहरे पर पसीना था। साँस तेज़-तेज़ चल रही थी और जिस्म काँप रहा था। बाल पसीने में तर हो गए थे और कुछ लटें माथे पर चिपक गई थीं। मैं सैफ़ू को देखता रहा और उन लड़कों के प्रति मन में ग़ुस्सा घुमड़ता रहा जो उसे डराते हैं।

तब दंगे ऐसे नहीं हुआ करते थे जैसे आजकल होते हैं। दंगों के पीछे छिपे दर्शन, रणनीति, कार्यपद्धति और गति में बहुत परिवर्तन आया है। आज से पच्चीस-तीस साल पहले न तो लोगों को ज़िन्दा जलाया जाता था और

न पूरी की पूरी बस्तियाँ वीरान की जाती थीं। उस ज़माने में प्रधानमंत्रियों, गृहमंत्रियों और मुख्यमंत्रियों का आशीर्वाद भी दंगाइयों को नहीं मिलता था। यह काम छोटे-मोटे स्थानीय नेता अपना स्थानीय और क्षुद्र किस्म का स्वार्थ पूरा करने के लिए करते थे। व्यापारिक प्रतिद्वंद्विता, ज़मीन पर क़ब्ज़ा करना, चुंगी के चुनाव में हिन्दू या मुस्लिम वोट समेट लेना वग़ैरा उद्‌देश्य हुआ करते थे। अब तो दिल्ली दरबार पर क़ब्ज़ा जमाने का साधन बन गए हैं साम्प्रदायिक दंगे। संसार के विशालतम लोकतंत्र की नाक में वही नकेल डाल सकता है जो साम्प्रदायिक हिंसा और घृणा पर ख़ून की नदियाँ बहा सकता हो।

सैफ़ू को जगाया गया। वह बकरी के मासूम बच्चे की तरह चारों तरफ़ इस तरह देख रहा था जैसे माँ की तलाश कर रहा है। अब्बाजान के सौतेले भाई की सबसे छोटी औलाद सैफ़ुद्‌दीन उर्फ सैफ़ू ने जब अपने को घर के सभी लोगों से घिरे देखा तो अकबका कर खड़ा हो गया।

सैफ़ू के अब्बा कौसर चाचा के मरने का आया कोना कटा पोस्टकार्ड मुझे अच्छी तरह याद है। गाँव वालों ने ख़त में कौसर चाचा के मरने की ख़बर ही नहीं दी थी बल्कि ये भी लिखा था कि उनका सबसे छोटा बेटा सैफ़ू अब इस दुनिया में अकेला रह गया है। सैफ़ू के बड़े भाई उसे अपने साथ, बम्बई नहीं ले गए। उन्होंने कह दिया है कि सैफ़ू के लिए वे कुछ नहीं कर सकते। अब अब्बाजान के अलावा उसका दुनिया में कोई नहीं है। कोना-कटा पोस्टकार्ड पकड़े अब्बाजान बहुत देर तक ख़ामोश बैठे रहे थे। अम्माँ से कई बार लड़ाई होने के बाद अब्बाजान पुश्तैनी गाँव धनवाखेड़ा गए थे और बची-खुची ज़मीन बेच, सैफ़ू को साथ लेकर लौटे थे। सैफ़ू को देखकर हम सबको हँसी आई थी। किसी गँवार लड़के को देखकर अलीगढ़ मुस्लिम यूनिवर्सिटी के स्कूल में पढ़नेवाले लड़के और अब्दुल्ला गर्ल्स कॉलेज के स्कूल में पढ़नेवाली सफ़िया की और क्या प्रतिक्रिया हो सकती थी। पहले दिन ही यह लग गया था कि सैफ़ू सिर्फ़ गँवार ही नहीं है बल्कि अधपागल होने की हद तक सीधा या बेवकूफ़ है। हम उसे तरह-तरह से चिढ़ाया या बेवकूफ़ बनाया करते थे। इसका एक फ़ायदा सैफ़ू को इस तौर पर हुआ कि अब्बाजान और अम्माँ का

उसने दिल जीत लिया। सैफ़ू मेहनत का पुतला था। काम करने से कभी न थकता था। अम्माँ को उसकी ये 'अदा' बहुत पसन्द थी। अगर दो रोटियाँ ज़्यादा खाता है तो क्या? काम भी तो कमर तोड़ करता है। साल पर साल गुज़रते गए और सैफ़ू हमारी ज़िन्दगी का हिस्सा बन गया। हम सब उसके साथ सहज होते चले गए। अब मोहल्ले का कोई लड़का उसे पागल कह देता था तो मैं उसका मुँह नोच लेता था। हमारा भाई है, तुमने पागल कहा कैसे? लेकिन घर के अन्दर सैफ़ू की हैसियत क्या थी ये हमीं जानते थे।

शहर में दंगा वैसे ही शुरू हुआ था जैसे हुआ करता था—यानी मस्जिद में किसी को एक पोटली मिली थी जिसमें किसी क़िस्म का गोश्त था और गोश्त को देखे बग़ैर ये तय कर लिया गया था कि चूँकि वो मस्जिद में फेंका गया गोश्त है इसलिए सूअर के गोश्त के सिवा और किसी जानवर का हो ही नहीं सकता। इसकी प्रतिक्रिया में मुग़ल टोले में गाय काट दी गई थी और दंगा भड़क गया था। कुछ दुकानें जली थीं और ज़्यादातर लूटी गई थीं। चाकू-छुरी की वारदातों में क़रीब सात-आठ लोग मरे थे, लेकिन प्रशासन इतना संवेदनशील था कि कर्फ़्यू लगा दिया गया था। आजकल वाली बात न थी। हज़ारों लोगों के मारे जाने के बाद भी मुख्यमंत्री मूँछों पर ताव देकर घूमता और कहता कि जो कुछ हुआ सही हुआ।

दंगा चूँकि आसपास के गाँवों तक भी फैल गया था इसलिए कर्फ़्यू बढ़ा दिया गया था। मुग़लपुरा मुसलमानों का सबसे बड़ा मोहल्ला था इसलिए वहाँ कर्फ़्यू का असर भी था और 'जिहाद' जैसा माहौल भी बन गया था। मोहल्ले की गलियाँ तो थीं ही पर कई दंगों के तजरुबों ने यह भी सिखा दिया था कि घरों के अन्दर से भी रास्ते होने चाहिए। यानी इमरजेंसी पैकेज। घरों के अन्दर से, छतों के ऊपर से, दीवारों को फलाँगते कुछ ऐसे रास्ते भी बन गए थे कि कोई अगर उनको जानता हो तो मोहल्ले के एक कोने से दूसरे कोने तक आसानी से जा सकता था। मोहल्ले की तैयारी युद्धस्तर की थी। सोचा गया था कि कर्फ़्यू अगर महीने भर भी खिंचता है तो ज़रूरत की सभी चीज़ें मोहल्ले में ही मिल जाएँ।

दंगा मोहल्ले के लड़कों के लिए एक अजीब तरह का उत्साह दिखाने का मौसम हुआ करता था। अजी हम तो हिन्दुओं को मीन चटा देंगे; समझ क्या रखा है धोती बाँधनेवालों ने—अजी बुजदिल होते हैं—एक मुसलमान दस हिन्दुओं पर भारी पड़ता है—'हँस के लिया है पाकिस्तान, लड़कर लेंगे हिन्दुस्तान' जैसा माहौल बन जाता था, लेकिन मोहल्ले से बाहर निकलने में सबकी नानी मरती थी। पीएसी की चौकी दोनों मुहानों पर थी। पीएसी के बूटों और उनके बंदूकों के बटों की मार कई को याद थी इसलिए ज़बानी जमा-ख़र्च तक तो सब ठीक था, लेकिन उसके आगे—

संकट एकता सिखा देता है। एकता अनुशासन और अनुशासन व्यावहारिकता। हर घर से एक लड़का पहरे पर रहा करेगा। हमारे घर में मेरे अलावा, उस ज़माने में मुझे लड़का नहीं माना जा सकता था, क्योंकि मैं पच्चीस पार कर चुका था; लड़का सैफ़ू ही था इसलिए उसे रात के पहरे पर रहना पड़ता था। रात का पहरा छतों पर हुआ करता था। मुग़लपुरा चूँकि शहर के सबसे ऊपरी हिस्से में था इसलिए छतों पर से पूरा शहर दिखाई देता था। मोहल्ले के लड़कों के साथ सैफ़ू पहरे पर जाया करता था। यह मेरे, अब्बाजान, अम्माँ और सफ़िया—सभी के लिए बहुत अच्छा था। अगर हमारे घर में सैफ़ू न होता तो शायद मुझे रात में धक्के खाने पड़ते। सैफ़ू के पहरे पर जाने की वजह से उसे कुछ सहूलियतें भी दे दी गई थीं, जैसे उसे आठ बजे तक सोने दिया जाता था, उससे झाड़ू नहीं दिलवाई जाती थी। यह काम सफ़िया के हवाले हो गया था जो इसे बेहद नापसन्द करती थी।

कभी-कभी रात में मैं भी छतों पर पहुँच जाता था। छतों की दुनिया पर मोहल्ले के लड़कों का राज हुआ करता था। लाठी, डंडे, बल्लम और ईंटों के ढेर इधर-उधर लगाए गए थे। दो-चार लड़कों के पास देशी कट्टे और ज़्यादातर के पास चाकू थे। उनमें से सभी छोटा-मोटा काम करनेवाले कारीगर थे। ज़्यादातर ताले के कारखाने में काम करते थे। कुछ दर्ज़ीगिरी, बढ़ईगिरी जैसे काम करते थे। चूँकि इधर बाज़ार बन्द था इसलिए उनके धन्धे भी ठप्प थे। उनमें से ज़्यादातर के घरों में क़र्ज़ से

चूल्हा जल रहा था। लेकिन वो ख़ुश थे। छतों पर बैठकर वे दंगों की ताज़ा ख़बरों पर तब्सिरा किया करते थे या हिन्दुओं को गालियाँ दिया करते थे। हिन्दुओं से ज़्यादा ग़ालियाँ वे पीएसी को देते थे। पाकिस्तान रेडियो का पूरा प्रोग्राम उन्हें जबानी याद था और कम आवाज़ में वह रेडियो लाहौर सुना करते थे। इन लड़कों में दो-चार जो पाकिस्तान जा चुके थे उनकी इज़्ज़त हाजियों की तरह होती थी। जो पाकिस्तान की रेलगाड़ी 'तेजगाम' और 'गुलशने इकबाल कॉलोनी' के ऐसे क़िस्से सुनाते थे कि लगता स्वर्ग अगर पृथ्वी पर कहीं है तो पाकिस्तान में है। पाकिस्तान की तारीफ़ों से जब उनका दिल भर जाया करता था तो सैफ़ू से छेड़छाड़ किया करते थे। सैफ़ू ने पाकिस्तान, पाकिस्तान और पाकिस्तान का वज़ीफ़ा सुनने के बाद एक दिन पूछ लिया था कि पाकिस्तान है कहाँ? इस पर सब लड़कों ने उसे बहुत खींचा था। वह कुछ समझा था, कुछ नहीं समझा था, लेकिन उसे यह पता नहीं लग सका था कि पाकिस्तान कहाँ है।

गश्ती लौंडे सैफ़ू को मज़ाक़ ही मज़ाक़ में संजीदगी से डराया करते थे, "देखो सैफ़ू, अगर तुम्हें हिन्दू पा जाएँगे तो जानते हो क्या करेंगे? पहले तुम्हें नंगा कर देंगे।" लड़के जानते थे कि सैफ़ू अधपागल होने के बावजूद नंगा होने को बहुत बुरी और ख़राब चीज़ समझता है, "उसके बाद हिन्दू तुम्हारे तेल मलेंगे।"

"क्यों, तेल क्यों मलेंगे?"

"ताकि जब तुम्हें बेंत से मारें तो तुम्हारी खाल निकल जाए। उसके बाद जलती सलाखों से तुम्हें दागेंगे।"

"नहीं।" उसे विश्वास नहीं हुआ।

रात में लड़के उसे जो डरावने और हिंसक क़िस्से सुनाया करते थे उनसे वह बहुत ज़्यादा डर गया था। कभी-कभी मुझसे उल्टी-सीधी बातें किया करता था। मैं झुंझलाता था और उसे चुप करा देता था, लेकिन उसकी जिज्ञासाएँ ख़त्म नहीं हो पाती थीं। एक दिन पूछने लगा, "बड़े भाई, पाकिस्तान में भी मिट्टी होती है क्या?"

"क्यों, वहाँ मिट्टी क्यों न होगी?"

"सड़क ही सड़क हैं वहाँ, टेरालीन मिलता है वहाँ, सस्ता है।"

"देखो ये सब बातें मनगढ़ंत हैं—तुम अल्ताफ़ वग़ैरह की बातों पर कान न दिया करो।" मैंने उसे समझाया।

"बड़े भाई, क्या हिन्दू आँखें निकाल लेते हैं?"

"बकवास है—ये तुमसे किसने कहा?"

"अच्छन ने।"

"ग़लत है।"

"तो खाल भी नहीं खींचते?"

"ओफ़्फ़ोह—ये तुमने क्या लगा रखी है?"

वह चुप हो गया लेकिन उसकी आँखों में सैकड़ों सवाल थे। मैं बाहर चला गया। वह सफ़िया से इसी तरह की बातें करने लगा।

कर्फ़्यू लम्बा होता चला गया। रात को गश्त जारी रही। हमारे घर से सैफ़ू ही जाता रहा। कुछ दिन बाद एक दिन अचानक सोते में सैफ़ू चीखने लगा था। हम सब घबरा गए लेकिन ये समझने में देर नहीं लगी कि ये सब उसे डराए जाने की वजह से है। अब्बाजान को लड़कों पर बहुत ग़ुस्सा आया था और उन्होंने मोहल्ले के एक-दो बुज़ुर्गनुमा लोगों से कहा भी, लेकिन उसका कोई असर नहीं हुआ। लड़के और वो भी मोहल्ले के लड़के किसी मनोरंजन से क्योंकर हाथ धो लेते?

बात कहाँ से कहाँ तक पहुँच चुकी है इसका अन्दाज़ा मुझे उस वक़्त तक न था जब तक एक दिन सैफ़ू ने बड़ी गम्भीरता से मुझसे पूछा, "बड़े भाई, मैं हिन्दू हो जाऊँ?"

सवाल सुनकर मैं सन्नाटे में आ गया। लेकिन जल्दी ही समझ गया कि यह रात में डरावने क़िस्से सुनाए जाने का नतीजा है। मुझे ग़ुस्सा आ गया। फिर सोचा, पागल पर ग़ुस्सा करने से अच्छा है ग़ुस्सा पी जाऊँ और उसे समझाने की कोशिश करूँ।

मैंने कहा, "क्यों, तुम हिन्दू क्यों होना चाहते हो?"

"बच जाऊँगा।" सैफ़ू बोला।

"इसका मतलब है मैं न बच पाऊँगा।" मैंने कहा।

"तो आप भी हो जाइए।" वह बोला।

"और तुम्हारे ताया अब्बा?" मैंने अपने वालिद और उसके चर्चा की बात की।

"नहीं—उन्हें—" वह कुछ सोचने लगा। अब्बाजान की सफ़ेद और लम्बी दाढ़ी में वह कहीं फँस गया होगा।

"देखो ये सब लड़कों की ख़ुराफ़ात है जो तुम्हें बहकाते हैं। ये जो तुम्हें बताते हैं सब झूठ है। अरे महेश को नहीं जानते?"

"वो जो स्कूटर पर आते हैं?" वह ख़ुश हो गया।

"हाँ-हाँ, वही।"

"वो हिन्दू हैं?"

"हाँ हिन्दू हैं।" मैंने कहा और उसके चेहरे पर पहले तो निराशा की हल्की-सी परछाईं उभरी फिर वह ख़ामोश हो गया।

"ये सब गुंडे-बदमाशों के काम हैं—न हिन्दू लड़ते हैं और न मुसलमान—गुंडे लड़ते हैं। समझे?"

दंगा शैतान की आँत की तरह खिंचता चला गया और मोहल्ले में लोग तंग आने लगे। यार, शहर में दंगा करनेवाले हिन्दू और मुसलमान बदमाशों को मिला भी लिया जाए तो कितने होंगे? ज़्यादा से ज़्यादा एक हज़ार। चलो दो हज़ार मान लो तो भाई दो हज़ार आदमी लाखों लोगों की ज़िन्दगी को जहन्नुम बनाए हैं और हम लोग घरों में दुबके बैठे हैं। ये तो वही हुआ कि दस हज़ार अंग्रेज़ करोड़ हिन्दुस्तानियों पर हुकूमत किया करते थे और सारा निजाम उनके तहत चलता रहता था। और फिर हर दंगे से फ़ायदा किसको है? फ़ायदा? अजी हाजी अब्दुल करीम को फ़ायदा है जो चुंगी का इलेक्शन लड़ेगा और उसे मुसलमान वोट मिल जाएँगे। पंडित जोगेश्वर को है जिन्हें हिन्दुओं के वोट मिलेंगे। अबे तो हम क्या है? तुम वोटर हो—हिन्दू वोटर, मुसलमान वोटर, हरिजन वोटर, कायस्थ वोटर, सुन्नी वोटर, शिआ वोटर। यही सब होता रहेगा इस देश में? हाँ, क्यों नहीं? जहाँ लोग जाहिल हैं, जहाँ किराए के हत्यारे मिल जाते हैं, जहाँ पॉलीटीशियन अपनी गद्दियों के लिए दंगे कराते हैं वहाँ और क्या हो सकता है? वरना क्या हम लोगों को पढ़ा नहीं सकते? समझा नहीं सकते? हा-हा-हा-हा, तुम कौन होते हो पढ़ानेवाले? सरकार

पढ़ाएगी अगर चाहेगी। तो सरकार न चाहे तो इस देश में कुछ नहीं हो सकता? हाँ, अंग्रेज़ों ने हमें नहीं सिखाया है, हम इसके आदी हैं। चलो मान लो इस देश के सारे मुसलमान हिन्दू हो जाएँ? लाहौलविलाकुव्वत ये क्या कह रहे हो? अच्छा मान लो इस देश के सारे हिन्दू मुसलमान हो जाएँ? सुभान अल्लाह, वाह-वाह, क्या बात कही है। तो क्या दंगे रुक जाएँगे? ये तो सोचने की बात है—पाकिस्तान में शिया-सुन्नी एक-दूसरे की जान के दुश्मन हैं। तो क्या यार आदमी या कहो इनसान साला है ही ऐसा कि वो लड़ते ही रहना चाहता है? वैसे देखो तो जुम्मन और मैकू में बड़ी दोस्ती है। तो यार क्यों न हम मैकू और जुम्मन बन जाएँ? वाह क्या बात कह दी—मतलब-मतलब-मतलब—मैं सुबह-सुबह रेडियो के कान उमेठ रहा था। सफ़िया झाड़ू दे रही थी कि राजा का छोटा भाई अकरम भागता हुआ आया और फूलती हुई साँस को रोकने की नाकाम कोशिश करता हुआ बोला, "सैफ़ू को पीएसी वाले मार रहे हैं।"

"क्या? क्या कह रहे हो?"

"सैफ़ू को पीएसी वाले मार रहे हैं।" वह ठहरकर बोला।

"क्यों मार रहे हैं? क्या बात है?"

"पता नहीं—नुक्कड़ पर।"

"वहीं जहाँ पीएसी की चौकी है?"

"हाँ वहीं।"

"लेकिन क्यों?" मुझे मालूम था कि आठ बजे से दस बजे तक कर्फ़्यू खुलने लगा है और सैफ़ू को आठ बजे के क़रीब अम्माँ ने दूध लेने भेजा था। सैफ़ू जैसे पगले तक को मालूम था कि उसे जल्दी से जल्दी वापस आना है और अब तो दस बज गए थे।

"चलो, मैं चलता हूँ।" रेडियो से आती बेढंगी आवाज़ की फ़िक्र किए बग़ैर मैं तेज़ी से बाहर निकला। पागल को क्यों मार रहे हैं पीएसी वाले, उसने कौन-सा ऐसा जुर्म किया है? वह कर ही क्या सकता है? ख़ुद ही इतना ख़ौफ़ज़दा रहता है, उसे मारने की क्या ज़रूरत है? फिर क्या वजह हो सकती है? पैसा? अरे उसे तो अम्माँ ने दो रुपए दिए थे। दो रुपए के लिए पीएसी वाले उसे क्यों मारेंगे?

नुक्कड़ पर मुख्य सड़क के बराबर कोठों पर मोहल्ले के कुछ लोग जमा थे। सामने सैफ़ू पीएसी वालों के सामने खड़ा था। उसके सामने पीएसी के जवान थे। सैफ़ू ज़ोर-ज़ोर से चीख़ रहा था, "मुझे तुम लोगों ने क्यों मारा—मैं हिन्दू हूँ—हिन्दू हूँ—।"

मैं आगे बढ़ा। मुझे देखने के बाद भी सैफ़ू रुका नहीं। वह कहता रहा, "हाँ-हाँ, मैं हिन्दू हूँ।" वह डगमगा रहा था। उसके होंठों के कोने से ख़ून की एक बूँद निकलकर ठोड़ी पर ठहर गई थी।

"तुमने मुझे मारा कैसे—मैं हिन्दू हूँ।"

"सैफ़ू—ये क्या हो रहा है—घर चलो।"

"मैं—मैं हिन्दू हूँ।"

मुझे बड़ी हैरत हुई—अरे क्या ये वही सैफ़ू है जो था—इसकी तो काया पलट गई है। ये इसे हो क्या गया?

"सैफ़ू, होश में आओ।" मैंने उसे ज़ोर से डाँटा।

मोहल्ले के दूसरे लोग पता नहीं किस पर अन्दर ही अन्दर दूर से हँस रहे थे। मुझे ग़ुस्सा आया। साले ये नहीं समझते कि वह पागल है।

"ये आपका कौन है?" एक पीएसी वाले ने मुझसे पूछा।

"मेरा भाई है—थोड़ी मेंटल प्रॉब्लम है इसे।"

"तो इसे घर ले जाओ।" एक सिपाही बोला।

"हमें पागल बना दिया।" दूसरे ने कहा।

"चलो—सैफ़ू घर चलो। कर्फ़्यू लग गया है—कर्फ़्यू—।"

"नहीं जाऊँगा—मैं हिन्दू हूँ—हिन्दू—मुझे-मुझे— "

वह फूट-फूटकर रोने लगा।

मारा—मुझे मारा—मुझे मारा—मैं हिन्दू हूँ—मैं—।" सैफ़ू धड़ाम-से ज़मीन पर गिरा। शायद बेहोश हो गया था।

अब उसे उठाकर ले जाना आसान था।

होज वाज पापा

अस्पताल का यह ऊँची छत, सफ़ेद दीवारों और लम्बी खिड़कियों वाला कमरा कभी-कभी 'किचन' बन जाता है। 'आधे मरीज़' यानी पीटर 'चीफ़ कुक' बन जाते हैं और विस्तार से यह दिखाया और बताया जाता है कि प्रसिद्ध हंगेरियन खाना 'पलाचिता' कैसे पकाया जाता है। पीटर अंग्रेज़ी के चन्द शब्द जानते हैं। मैं हंगेरियन के चन्द शब्द जानता हूँ। लेकिन हम दोनों के हाथ, पैर, आँखें, नाक, कान हैं जिनसे इशारों की एक भाषा ईजाद होती है और संवाद स्थापित ही नहीं होता दौड़ने लगता है। पीटर मुझे यह बताते हैं कि अंडे लिये, तोड़े, फेंटे, उसमें शक्कर, मलाई, मैदा मिलाया, एक घोल तैयार किया। 'फ्राईपैन' लिया आग पर रखा, उसमें तेल डाला। तेल के गर्म हो जाने के बाद उसमें एक चमचे से घोल डाला। उसे फैलाया और पराँठे जैसा कुछ तैयार किया। फिर उसे बिना चमचे की सहायता से 'फ्राईपैन' पर उछाला, पलटा, दूसरी तरफ़ से तला और निकाल लिया। पीटर ने मज़ाक़ में यह भी बताया था कि उनकी पत्नी जब 'पलाचिता' बनाने के लिए मैदे का पराँठा 'फ्राइपैन' को उछालकर पलटती हैं तो पराँठा अक्सर छत में जाकर चिपक जाता है। लेकिन पीटर 'एक्सपर्ट' हैं, उनसे ऐसी ग़लती नहीं होती।

पीटर का पूरा नाम पीटर मतोक है। उनकी उम्र क़रीब छियालीस-सैंतालीस साल है। लेकिन देखने में कम ही लगते हैं। वे बुदापैश्त में नहीं रहते। हंगेरी के एक अन्य शहर पॉपा में रहते हैं और वहाँ के डॉक्टरों ने इन्हें पेट की किसी बीमारी के कारण राजधानी के अस्पताल में भेजा है। यहाँ के डॉक्टर यह तय नहीं कर पाए हैं कि पीटर का वास्तव में ऑपरेशन

किया जाना चाहिए या वे दवाओं से ही ठीक हो सकते हैं। यानी पीटर के टेस्ट चल रहे हैं। कभी-कभी डॉक्टर उनके चेहरे और शरीर पर तारों का ऐसा जंगल उगा देते हैं कि पीटर बीमार लगने लगते हैं। लेकिन कभी-कभी तार हटा दिए जाते हैं तो पीटर मरीज़ ही नहीं लगते। यही वजह है कि मैं उन्हें आधे मरीज़ के नाम से याद रखता हूँ। पीटर 'सर्वे' करनेवाले किसी विभाग में काम करते हैं। उनकी एक लड़की है जिसकी शादी होनेवाली है। एक लड़का है जो बारहवीं क्लास पास करनेवाला है। पीटर की पत्नी एक दफ़्तर में काम करती है। पीटर कुछ साल पहले किसी अरब देश में काम करते थे। ये सब जानकारियाँ पीटर ने मुझे ख़ुद ही दी थीं। यानी अस्पताल में दाख़िल होते ही उनकी मुझसे दोस्ती हो गई थी। पीटर मुझे सीधे-सादे, दिलचस्प, बातूनी और प्रेमी क़िस्म के जीव लगे थे। पीटर का नर्सों से अच्छा संवाद था। मेरे ख़याल से कम उम्र नर्सों को वे अच्छी तरह प्रभावित कर दिया करते थे। उन्हें मालूम था कि नर्सों के पास कब थोड़ा-बहुत समय होता है। जैसे ग्यारह बजे के बाद और खाने से पहले या दो बजे के बाद और फिर शाम सात बजे के बाद वे किसी-न-किसी बहाने से किसी सुन्दर नर्स को कमरे में बुला लेते थे और गपशप होने लगती थी। ज़ाहिर है वे हंगेरियन में बातचीत करते थे। मैं इस बातचीत में अजीब विचित्र ढंग से भाग लेता था। यानी बात को समझे बिना पीटर और नर्सों की भाव-भंगिमाएँ देखकर मुझे यह तय करना पड़ता था कि अब मैं हँसू या मुस्कराऊँ या अफ़सोस ज़ाहिर करूँ या 'हद हो गई साहब' जैसा भाव चेहरे पर लाऊँ या 'ये तो कमाल हो गया' वाली शक्ल बनाऊँ? इस कोशिश में कभी-कभी नहीं अक्सर मुझसे ग़लती हो जाया करती थी और मैं खिसिया जाया करता था। लेकिन ऑपरेशन, तकलीफ़, उदासी और एकान्त के उस माहौल में नर्सों से बातचीत अच्छी लगती थी या उनकी मौजूदगी ही मज़ा देती थी। पीटर ने मेरे पास भारतीय संगीत के कैसेट देख लिये थे। अब वे कभी-कभी शाम सात-आठ बजे के बाद किसी नर्स को सितार, शहनाई या सरोद सुनाने बुला लाते थे। बाहर हल्की-हल्की बर्फ़ गिरती होती थी। कमरे के अन्दर संगीत गूँजता था और कुछ समय के लिए पूरी दुनिया सुन्दर हो जाया करती थी।

पीटर के अलावा कमरे में एक मरीज़ और थे। जो स्वयं डॉक्टर थे और 'ऐपेंडिसाइटिस' का ऑपरेशन कराने आए थे। पीटर को जितना बोलने का शौक था इन्हें उतना ही ख़ामोश रहने का शौक था। वे यानी इम्रै अंग्रेज़ी अधिक जानते थे। मेरे और पीटर के बीच जब कभी संवाद फँस या अड़ जाता तो वे खींचकर गाड़ी बाहर निकालते थे। लेकिन आमतौर पर वे ख़ामोश रहना पसन्द करते थे।

मैं कोई दस दिन पहले अस्पताल में भर्ती हुआ था। मेरा ऑपरेशन होना था। लेकिन एक जगह पर, एक ही क़िस्म का ऑपरेशन अगर बार-बार किया जाए तो ऑपरेशन पर से विश्वास उठ जाता है मेरी यही स्थिति थी। मैं सोचता था, दुनिया के सभी डॉक्टर ऑपरेशन प्रेमी होते हैं और ख़ास तौर पर मुझे देखते ही उनके हाथ मचलने लगते हैं। लेकिन बहुत-से काम आस्थाहीनता की स्थिति में भी किए जाते हैं। कोई दूसरा रास्ता नहीं बचता। तो मैं भर्ती हुआ था। तीसरे दिन ऑपरेशन हुआ था। पर सच बताऊँ ऑपरेशन में उम्मीद के ख़िलाफ़ काफ़ी मज़ा आया था। ये डॉक्टरों, 'टेक्नोलॉजी' का कमाल था या इसका कारण पिछले अनुभव थे, कुछ कह नहीं सकता। लेकिन पूरा ऑपरेशन ख्वाब और हक़ीक़त क़ा एक दिलचस्प टकराव जैसा लगा था। पूरे ऑपरेशन के दौरान मैं होश में था। लेकिन वह होश कभी-कभी बेहोशी या गहरी नींद में बदल जाता था। ऊपर लगी रोशनियाँ कभी-कभी तारों जैसी लगने लगती थीं। डॉक्टर परछाइयों जैसे लगते थे। आवाज़ें बहुत दूर से आती सरगोशियों जैसी लगती थीं। औजारों की आवाज़ें कभी 'खट' के साथ कानों से टकराती थीं और कभी संगीत की लय जैसी तैरती हुई आती थीं। कभी लगता था कि वह ऑपरेशन बहुत लम्बे समय से हो रहा है और फिर लगता कि नहीं, अभी शुरू ही नहीं हुआ। कुछ सेकेंड के लिए पूरी चेतना एक गोता लगा लेती थी और फिर आवाज़ें और चेहरे धुँधले होकर सामने आते थे। जैसी पानी पर तेज़ हवा ने लहरें पैदा कर दी हों। एक बहुत सुन्दर महिला डॉक्टर मेरे सिरहाने खड़ी थी। उसका चेहरा कभी-कभी लगता था पूरे दृश्य में 'डिजाल्व' हो रहा है और सिर्फ़ उसका चेहरा-ही-चेहरा है चारों तरफ़ बाक़ी कुछ नहीं है। इसी तरह उसकी आँखें भी विराट रूप

धारण कर लेती थीं। कभी यह भी लगता था कि यहाँ जो कुछ हो रहा है उसका मैं दर्शक हूँ।

जिस तरह तूफ़ान गुज़र जाने के बाद ही पता चलता है कि कितने मकान ढहे, कितने पेड़ गिरे, उसी तरह ऑपरेशन के बाद मैंने अपनी शरीर को टटोला तो पाया कि इतना दर्द है कि बस दर्द-ही-दर्द है। यह हालत धीरे-धीरे कम होती गई लेकिन ऑपरेशन के बाद मैंने 'रोटी सुगन्ध' का जो मज़ा लिया वह जीवन में पहले कभी न लिया था। चार दिन तक मेरा खाना बन्द था। गैलरी में जब खाना लाया जाता था तो 'जिम्ले' (एक प्रकार की पावरोटी) की ख़ुशबू मेरी नाक में इस तरह बस जाती थी कि निकाले न निकलती थी। चार दिन कि बाद वही रोटी जब खाने को मिली तब कहीं जाकर उस सुगन्ध से पीछा छूटा।

जैसा कि मैं पहले कह चुका हूँ , एक ही जगह पर एक ही ऑपरेशन बार-बार किए जाने के क्रम में यह दूसरा ऑपरेशन था। डॉक्टरों ने कहा था कि इसकी प्रगति देखकर वे अगला ऑपरेशन करेंगे। फिर अगला और फिर अगला और फिर—तंग आकर मैंने उसके बारे में सोचना तक छोड़ दिया था।

पीटर मेरे ऑपरेशन के बाद दाखिल हुए थे या कहना चाहिए जब मैं दूसरे ऑपरेशन की प्रतीक्षा कर रहा था तब पीटर आए थे और उनके टेस्ट वगैरा हो रहे थे। आख़िरकार उनसे कह दिया गया कि वे दवाओं से ठीक हो सकते हैं। पीटर बहुत ख़ुश हो गए थे। उन्होंने जल्दी-जल्दी सामान बाँधा था और बाक़ायदा मुझसे गले-वले मिल गए थे। इम्रै तो उससे पहले ही जा चुके थे। इन दोनों के चले जाने के बाद मैं कमरे में अकेला हो गया था, लेकिन अकेले होने का सुख बड़े भयंकर ढंग से टूटा। यानी मुझे सरकारी अस्पताल के कमरे में दो दिन तक अकेले रहने की सज़ा मिली। तीसरे दिन मेरे कमरे में एक बूढ़ा मरीज़ आ गया था। देखने से वह करीब सत्तर के आसपास का लगता था लेकिन हो सकता है ज़्यादा उम्र रही हो। वह दोहरे बदन का था। उसके बाल बर्फ़ जैसे सफ़ेद थे। चेहरे का रंग कुछ सुर्ख था। आँखें धुँधली और अन्दर को धँसी हुई थी। ज़ाहिर है कि वह अंग्रेज़ी नहीं जानता था। वह देखने में खाता-पीता

या सम्पन्न भी नहीं लग रहा था। लेकिन सबसे बड़ी मुसीबत यह थी कि उसके आते ही एक अजीब क़िस्म की तेज़ बदबू ने कमरे में मुस्तक़िल डेरा जैसा जमा लिया था। मैं बूढ़े के आने से परेशान हो गया था। लगा कि शायद मैं नापसन्द करता हूँ, यह नहीं चाहता कि वह इस कमरे में रहे। लेकिन ज़ाहिर है कि मैं इस बारे में कुछ न कह सकता था। सिर्फ़ उसे नापसन्द कर सकता था और दिल-ही-दिल में उससे नफ़रत कर सकता था। उसकी उपेक्षा कर सकता था या उसके वहाँ रहने से लगातार बोर होता रह सकता था। फिर यह भी तय था कि अभी मुझे अस्पताल कम-से-कम बीस दिन और रहना है। यह बूढ़ा भी ऑपरेशन के लिए ही आया होगा और इसे भी लम्बे समय तक रहना होगा। मतलब उसके साथ मुझे बीस दिन गुज़ारने थे। अगर मैं उससे घृणा करने लगता तो बीस दिन तक घृणित व्यक्ति के साथ रहना बहुत ज़्यादा हो जाता। इसलिए मैंने सोचा कम-से-कम उससे घृणा तो नहीं करनी चाहिए। आदमी है, बूढ़ा है, बीमार है, ग़रीब है, उसे ऐसी बीमारी है कि उसके पास से बदबू आती है तो इसमें उस बेचारे की क्या ग़लती? तो बहुत सोच-समझकर मैंने तय किया कि बूढ़े के बारे में मेरे विचार ख़राब नहीं होने चाहिए। जहाँ तक बदबू का सवाल है उसकी आदत पड़ जाएगी या खिड़की खोली जा सकती है, हालाँकि बाहर का तापमान शून्य से चार-पाँच डिग्री नीचे ही रहता था।

उसी दिन शाम को मुझसे मिलने डॉ. मारिया आईं। वे भी बूढ़े को देखकर बहुत ख़ुश नहीं हुईं। लेकिन ज़ाहिर है वे भी कुछ नहीं कर सकती थीं। उन्होंने इतना ज़रूर किया कि एक खिड़की थोड़ी-सी खोल दी।

"ये कब आए?" उन्होंने पूछा।

"आ़ज ही।" मैंने बताया।

"क्या तकलीफ़ है इन्हें?" उन्होंने कहा।

"मैं नहीं जानता। आप पूछिए। मेरे ख़याल से ये अंग्रेज़ी नहीं जानते हैं।"

डॉ. मारिया ने बूढ़े सज्जन से हंगेरियन में बातचीत शुरू कर दी। मारिया बुदापैश्त में हिन्दी पढ़ाती हैं और हम दोनों 'कलीग' हैं। एक ही विभाग में पढ़ाते हैं।

कुछ देर बूढ़े से बातचीत करने के बाद उन्होंने मुझे बताया कि बूढ़े को टट्टी करने की जगह पर कैंसर है और ऑपरेशन के लिए आया है। काफ़ी बड़ा ऑपरेशन होगा। बूढ़ा काफ़ी डरा हुआ है क्योंकि वह चौरासी साल का है और इस उम्र में इतना बड़ा ऑपरेशन ख़तरनाक हो सकता है। यह सुनकर मुझे बूढ़े से हमदर्दी पैदा हो गई। बेचारा! पता नहीं क्या होगा!

अचानक कमरे में एक पचास साल की औरत आई। वह कुछ अजीब घबराई और डरी-डरी-सी लग रही थी। उसके कपड़े और रखरखाव वगैरा देखकर यह अनुमान लगाना कठिन नहीं था कि वह बहुत साधारण परिवार की है। वह दरअसल इस बूढ़े की बेटी थी इससे भी मारिया ने बातचीत की। वह अपने पिता के बारे में बहुत चिन्तित लग रही थी। बूढ़े की लड़की से बातचीत करने के बाद मारिया ने मुझे फिर सब कुछ विस्तार से बताया। हम बातें कर ही रहे थे कि कमरे में हॉयनिका आ गई। यहाँ की नर्सों में वह एक खुशमिज़ाज नर्स है। ख़ूबसूरत तो नहीं बस अच्छी है और युवा है। उसके हाथों में दवाओं की ट्रे थी। आते ही उसने हंगेरियन में एक हाँक लगायी। मै दस-बारह दिन अस्पताल में रहने के कारण यह समझ गया हूँ कि यह हाँक क्या होती है। सात बजे के क़रीब रात की ड्यूटी वाली नर्स हर कमरे में जाती है और मरीज़ों से पूछती है कि क्या उन्हें 'स्लीपिंग पिल' या 'पेन किलर' चाहिए? आज उसने जब यह हाँक लगाई तो मैं समझ गया। लेकिन मारिया ने उसका अनुवाद करना ज़रूरी समझा और कहा, पूछ रही हैं पेन किलर या सोने के लिये यदि नींद की गोली चाहिए हो तो बताइए।" मैंने कहा, "हाँ दो 'पेन किलर' और एक 'स्लीपिंग पिल'।"

मारिया अच्छी बेतकल्लुफ़ दोस्त हैं। वे मजाक करने का मौका नहीं चूकतीं। पता नहीं उनके मन में क्या आई कि मुस्कराकर बोलीं—

"क्या मैं नर्स से यह भी कहूँ कि इन दवाओं के अलावा, रात में ठीक से सोने के लिए आपको एक 'पप्पी' भी दे?"

मैं बहुत ख़ुश हो गया, "क्या ये कहा जा सकता है? बुरा तो नहीं मानेगी? अपने महान देश में यह कहने का प्रयास वही करेगा जो लात-जूते से अपना इलाज कराना चाहता हो।"

"नहीं, यहाँ कहा जा सकता है।" वे हँसकर बोलीं।

"तो कहिए।"

उन्होंने नर्स से कहा। वह हँसी, कुछ बोली और इठलाती हुई चली गई।

"कह रही है मैं पत्नियों के सामने पति को 'पप्पी' नहीं देती। जब मैंने उससे बताया कि मैं पत्नी नहीं हूँ तो बोली कि ठीक है, वह लौटकर आएगी।"

मैंने मारिया से कहा, उर्दू के एक प्रसिद्ध हास्य-व्यंग्य कवि अकबर इलाहाबादी का शेर है—

तहज़ीबे ग़रीबी में बोसे तलक है माफ़
आगे अगर बढ़े तो शरारत की बात है।

शेर सुनकर वे दिल खोलकर हँसीं और बोलीं—

"हाँ, ये सच है कि भारत और यूरोप की नैतिकता में बड़ा फ़र्क़ है। लेकिन उसी के साथ-साथ यह भी तय है कि भारतीय इस सम्बन्ध में प्रायः बहुत कम जानते हैं। जैसे अकबर इलाहाबादी शायद यह न जानते होंगे कि यूरोप में कुछ 'बोसे' बिलकुल औपचारिक होते हैं। जिन्हें हम हाथ मिलाने जैसा मानते हैं।"

अब मेरी बारी थी। मैंने कहा, "लेकिन हमारे यहाँ तो औरत से हाथ मिलाना तक एक छोटा-मोटा 'बोसा' समझा जाता है।" इस पर वे खूब हँसीं।

कमरे के दूसरी तरफ़ बूढ़े के पास उसकी लड़की बैठी थी। दोनों बातें कर रहे थे। हल्की-हल्की आवाज़ें हम लोगों तक आ रही थीं। मैंने मारिया से पूछा—

"वे उधर क्या बातें कर रहे हैं?"

"वह अपनी लड़की से कह रहा है कि मेरी प्यारी बेटी, तुम सिगरेट पीना छोड़ दो। पिछली बीमारी के बाद तुम्हें डॉक्टर ने मना किया था कि सिगरेट न पिया करो। लड़की कह रही है कि उसने कम कर दी है। अब कुत्ते के बारे में बात हो रही है। बूढ़ा कह रहा है कि उसके अस्पताल में रहते कुत्ते का पूरा ख़याल रखना। अगर कुत्ते का ध्यान नहीं रखा गया तो

वह नाराज़ हो जाएगा। अब वह कह रहा है कि दोपहर के खाने में और सुबह के नाश्ते में भी गोश्त था। कम था, लेकिन था। अब बाज़ार में गोश्त की बढ़ती क़ीमतों पर बात हो रही है—बूढ़ा बहुत नाराज़ है—अब कुछ सुनाई नहीं दे रहा।" मारिया कुर्सी की पीठ से टिक गईं।

"बेचारे ग़रीब लोग मालूम होते हैं।"

"ग़रीब?"

"हाँ, हमारे यहाँ की ग़रीबी रेखा के नीचे के लोग।"

कुछ देर बाद 'विजिटर्स' के जाने का वक़्त हो गया। बूढ़े की लड़की चली गई। मारिया भी उठ गईं। गर्म कपड़ों और लोमड़ी के बालों वाली टोपी से अपने को लादकर बोलीं,

"आपकी नर्स तो नहीं आई?"

"अच्छा ही है जो नहीं आई।"

"क्यों?"

"इसलिए कि औपचारिक बोसे के काम नहीं चलेगा और अनौपचारिक बोसे के बाद नींद नहीं आएगी।"

उन्होंने कहा, "कोई-न-कोई समस्या तो रहनी ही चाहिए।"

अस्पताल की रातें बड़ी उबाऊ, नीरस, उकताहट भरी और बेचैन करनेवाली होती हैं। नींद क्यों आए जब जनाब दिन भर बिस्तर पर पड़े रहे हों। नीद की गोली खा लें तो उसकी आदत-सी पड़ने लगती है। पढ़ने लगें तो कहाँ तक पढ़ें? सोचने लगें तो कहाँ तक सोचें? लगता है अगर अनंत समय हो तो कोई काम ही नहीं हो सकता। रात में सो पाने, सोचने, पढ़ने आदि-आदि की कोशिश करने के बाद मैं अपने कमरे में आए नये बूढ़े मरीज़ की तरफ़ देखने लगा। वह अख़बार पढ़ते-पढ़ते सो गया था। जागते हुए भी उसका चेहरा काफ़ी भोला और मासूम लगता है कि लेकिन सोते में तो बिलकुल बच्चा लग रहा था। उसके बड़े-वड़े कान हाथी के कान जैसे लग रहे थे। धँसे हुए गालों के ऊपर हड्डियाँ उभर आई थीं। शायद उसने अपने नकली दाँतों का चौखटा निकाल दिया था। उसकी ओर देखकर मेरे मन में तरह-तरह के विचार आने लगे। सबसे प्रबल था कैंसर का बढ़ा हुआ मर्ज, चौरासी साल की उम्र

और ज़िन्दगी का एक ऐसा मोड़ जो अँधेरी गली में जाकर ग़ायब हो जाता है। लगता था बचेगा नहीं। जो कुछ मुझे बताया गया था उससे यही लगता था कि ऑपरेशन के बाद बूढ़ा सीधा 'इन्टेन्सिव केयर यूनिट' में ही जाएगा। और फिर कहाँ? मुझे लगने लगा कि उसकी मृत्यु बिलकुल तय है। उसी तरह जैसे सूरज निकलना तय है। लगा कहीं ऑपरेशन टेबुल पर ही न चल बसे बेचारा—पता नहीं क्यों अचानक वह मुझे हंगेरी के अतीत-सा लगा।

रात ही थी या पता नहीं दिन हो गया था। अचानक कमरे की सभी बत्तियाँ जल गईं और हॉयनिका के अन्दर आने की आवाज़ से मैं उठ गया। उसने मुस्कराकर थर्मामीटर हाथ में दे दिया। इसका मतलब है सुबह का छह बजा है। उसकी मुस्कराहट बड़ी क़ातिल थी। शायद कल वाली बात उसे याद होगी। मैंने दिल-ही-दिल में कहा, इस तरह मुस्कराने से क्या होगा, वायदा निभाओ तो जानें। उसने बूढ़े आदमी को 'पापा' कहकर जगाया और उन्हें भी थर्मामीटर पकड़ा दिया।

संसार के सभी अस्पतालों की तरह इस अस्पताल में भी आप समय का अन्दाज़ा नर्सों के विजिट, डॉक्टरों के आने, नाश्ता दिए जाने, गैलरी की बत्तियाँ बन्द किए जाने वगैरा से लगा सकते हैं।

सुबह के काम धीरे-धीरे होने लगे। 'पापा' उठे। उन्होंने अपनी छड़ी उठाई। छड़ी बहुत पुरानी लगती है। उतनी तो नहीं जितने पापा हैं लेकिन फिर भी पुरानी है। छड़ी के हत्थे पर प्लास्टिक की डोरी का एक छल्ला सा बँधा हुआ था। उन्होंने छल्ले में हाथ डालकर छड़ी पकड़ ली और बाहर निकल गए। शायद बाथरूम गए होंगे। छड़ी के हत्थे से प्लास्टिक की डोरी का छल्ला बाँधनेवाला आइडिया मुझे अच्छा लगा। इसका मतलब यह है कि पापा के हाथ से छड़ी कभी गिरी होगी। बस में कभी चढ़ते हुए या ट्राम से उतरते हुए या मैट्रो से निकलते हुए। छड़ी गिरी होगी तो पापा भी गिरे होंगे। पापा गिरे होंगे तो उनके पास जो सामान रहा होगा वह भी गिरा होगा। लोगों ने फ़ौरन उनकी मदद की होगी। सामान समेटकर उन्हें दिया होगा। उनकी छड़ी उन्हें पकड़ाई

होगी। इस तरह के बूढ़ों को मैंने अक्सर बसों, ट्रामों से उतरते-चढ़ते समय गिरते देखा है। पूरा दृश्य आँखों के सामने कौंध गया। इसी तरह की किसी घटना के बाद पापा ने प्लास्टिक की डोरी का छल्ला छड़ी के मुट्ठे से बाँध लिया होगा।

इस शहर में मैंने अक्सर इतने बूढ़े लोगों को आते-जाते देखा है जो ठीक से चल भी नहीं पाते। फिर भी वे थैले लिए हुए बाज़ारों, बसों में नज़र आ जाते हैं। शुरू-शुरू में मैं यह समझ नहीं पाता था कि यदि ये लोग इतने बूढ़े हैं कि चल भी नहीं सकते तो घरों से बाहर ही क्यों निकलते हैं? बाद में मेरी इस जिज्ञासा का समाधान हो गया था। मुझे बताया गया था कि प्राय: बूढ़े अकेले रहते हैं। पेट की आग उन्हें कम-से-कम हफ्ते में एक बार घर से निकलने पर मजबूर कर देती है।

यह आदमी, बूढ़ा आदमी, जिससे मैं नफ़रत करते-करते बचा, दरअसल बहुत अच्छा है। जैसे-जैसे दिन गुज़र रहे हैं, मुझे उसके बारे में अधिक बातें पता चल रही हैं। भाषा के सभी बन्धनों के होते हमारे जो रिश्ते बन रहे हैं उनके आधार पर मैं उसे पसन्द करने लगा हूँ। हालाँकि हम दोनों आमतौर पर चुप रहते हैं, सिवाय इसके कि हर सुबह एक-दूसरे को 'यो रैग्गैल्त' मतलब 'गुड मॉर्निंग' कहते हैं। दिन में 'यो नपोत किवानोक' यानी 'विश यू गुड डे' कहते हैं। छोटी-मोटी मदद के बाद 'कोसोनाम,' धन्यवाद कहते हैं। या धन्यवाद कहे जाने का जवाब 'सीवैशैन' कहकर देते हैं।

मुझे याद है दो दिन पहले जब मैं अपने दूसरे ऑपरेशन के बाद कमरे में लाया गया था और दर्द-निवारक दवाओं का असर ख़त्म हो गया था तो दर्द इतना हो रहा था कि बक़ौल फ़ैज़ अहमद 'फ़ैज़' हर रगे जां से उलझ रहा था। डॉक्टर कह रहे थे जितनी स्ट्रॉन्ग दर्द-निवारक दवाएँ वे दे चुके हैं उससे अधिक और कुछ नहीं दे सकते। अब तो सब झेलना ही है। मैं झेल रहा था। बिस्तर पर तड़प रहा था। कराह रहा था। आँखें कभी बन्द करता था, कभी खोलता था। उसी वक़्त एक बार आँखें खुलीं तो मैंने देखा कि पापा हाथ में छड़ी लिए मेरे बेड के पास खड़े हैं। मुझे यह उम्मीद न थी। वे कह कुछ न रहे थे क्योंकि भाषा की रुकावट थी।

लेकिन ज़ाहिर था कि क्यों खड़े हैं। दर्द की वजह से उनका चेहरा धुँधला लग रहा था। उनकी धँसी हुई आँखें बिलकुल ओझल थीं। लम्बे-लम्बे कान लटके हुए थे। गर्दन झुकी हुई थी। सिर पर सफ़ेद बाल तरतीबी से फैले थे। वे चुपचाप खड़े थे पर मुझे लगा जैसे कह रहे हों, देखा दर्द भी क्या चीज़ है, कोई बाँट नहीं सकता। उसे सब अकेले ही झेलते हैं। पापा को देखते ही मैं अपने दर्द से उनके दर्द की तुलना करने लगा। लगा इस विचार ने दर्द-निवारक गोली का काम कर दिया। मैंने सोचा, पापा, तुम्हारे ऑपरेशन के बाद मैं शायद तुम्हें उस तरह देख भी न पाऊँगा जिस तरह तुम मुझे देख रहे हो क्योंकि तुम शायद आई.सी.यू. में होंगे या किसी ऐसी जगह जहाँ मैं पहुँच न सकूँगा। तुम्हारे इस तरह मुझे देखने का एहसान मेरे ऊपर हमेशा के लिए बाक़ी रह जाएगा।

ऑपरेशन के बाद मैं ठीक होने लगा। दूसरे दिन टहलने लगा। इस दौरान पापा के टेस्ट वग़ैरा चल रहे थे। हंगेरियन अस्पतालों में कोई हबड़-तबड़ नहीं होती क्योंकि नफ़ा-नुकसान, लेन-देन आदि का कोई चक्कर नहीं है। इसलिए पापा के 'टेस्ट' काफ़ी विस्तार से हो रहे थे। मैं दिन में घबराकर कमरे के चक्कर लगाता था और उकताहट दूर करने के लिए या पता नहीं किसलिए दिन में दसियों बार पापा से पूछता था, 'होज वाज पापा?' पापा मेरे सवाल का हर बार एक ही जवाब देते थे, 'कोसोनोम योल' यानी 'धन्यवाद, ठीक हूँ।' मैं समझता था कि शायद मेरे बार-बार एक ही सवाल पूछने से वे चिढ़ जाएँगे। पर ऐसा कभी नहीं हुआ। शायद वे जानते थे कि मैं पता नहीं उनसे क्या-क्या कहना चाहता हूँ लेकिन नहीं कह पाता।

पापा लगभग पूरे दिन बड़े ध्यान से अख़बार पढ़ा करते थे। वे हंगेरी का वह अख़बार पढ़ते थे जो पहले कम्युनिस्टों का था और अब समाजवादियों का अख़बार है। पापा की अख़बार में गहरी रुचि चमत्कृत कर देती थी। ऐसी उम्र में, इतनी ख़तरनाक बीमारी से जूझते हुए दुनिया में कितने लोगों की रुचि बचती है? या तो लोग चुप हो जाते हैं या रोते रहते हैं। लेकिन पापा के साथ ऐसा न था। एक रात अख़बार पढ़ने के बाद वे हाथ बचाकर मेज़ पर चश्मा रखने लगे तो चश्मा फ़र्श पर गिर

पड़ा था। तब मैंने पापा के मुँह से ऐसी आवाज़ सुनी जो दुख व्यक्त करनेवाली आवाज़ थी। मैं तत्काल उठा और पापा का चश्मा उठाया। मैंने देखा, न केवल चश्मा बेहद गन्दा था बल्कि उसे धागों से इस तरह बाँधा गया था कि कई जगहों से टूटा लगता था। जैसा भी रहा हो, उसका पापा के लिए बहुत ज़्यादा महत्त्व था। मैंने चश्मा उनकी तरफ़ बढ़ाया। उनकी आँखों में कृतज्ञता का स्पष्ट भाव था। चश्मा टूटा नहीं था। अगर टूट जाता तो? बहुत बुरा होता, बहुत ही बुरा।

दो-चार दिन बाद मेरी हालत ये हो गई थी, अपने बेड पर लेटा-लेटा मैं यह इन्तज़ार किया करता था कि पापा की मदद करने का अवसर मिले। वे रात में सोने से पहले लैम्प बन्द करने के लिए उठते थे। उठने के लिए बड़ी मेहनत करनी पड़ती थी। पहले छड़ी टटोलते थे। फिर छल्ले में हाथ डालते थे। तब खड़े होते थे। बेड का पूरा चक्कर लगाकर दूसरी तरफ़ आते थे और तब लैम्प का 'स्विच' 'ऑफ़' करते थे। मैं इन्तज़ार करता रहता था। जैसे ही लैम्प बन्द करने की ज़रूरत होती थी मैं जल्दी से उठकर लैम्प 'ऑफ़' कर देता था। पापा 'कोसोनाम' कहते थे। इसी तरह दोपहर के खाने के बाद जैसे ही उनके बर्तन ख़ाली होते थे मैं उठाकर बाहर रख आता था। पढ़ते-पढ़ते कभी उनका अख़बार नीचे गिर जाता था तो झपटकर उठा देता था। कभी-कभी ये भी सोचता था कि यार मैं इस अजनबी बूढ़े के लिए यह सब क्यों करता हूँ? मुझे इस सवाल का जवाब नहीं मिलता था।

तीन दिन बाद आज हॉयनिका फिर रात की ड्यूटी पर है। पिछली बार जब वह रात की ड्यूटी पर थी तो उसके केबिन में जाकर मैंने उसे अमजद अली ख़ाँ का सरोद सुनाया था। उसे पसन्द आया था। उसने मुझे कॉफी पिलाई थी। इशारों, दो-चार शब्दों, हंगेरियन-अंग्रेजी शब्दकोश की मदद से कुछ बातचीत हुई थी। पता चला कि वह विवाहित है। लेकिन उसके विवाहित होने ने मुझे हतोत्साहित नहीं किया था। क्या विवाह कर लेना किसी लड़की की इतनी बड़ी ग़लती करार दी जा सकती है कि उससे प्रेम न किया जाए? नहीं, नहीं, कदापि नहीं। शादी कर लेने का मतलब

है कि उससे ग़लती हो गई है और हर तरह की ग़लती, भूल को माफ़ किया जाना चाहिए।

आज जब मुझे पता चला कि उसकी ड्यूटी है तो रात के दस बज जाने का इन्तज़ार करने लगा। क्योंकि उसके बाद ही उसे कुछ फ़ुर्सत होती थी। इस दौरान मुझसे मिलने एक-दो लोग आए। उनसे बातें होती रहीं। पापा की लड़की आई तो मैं अपने 'विजिटर्स' को लेकर बाहर आ गया। दरअसल अब मैं पापा और उनकी लड़की को बातचीत करने के लिए एकान्त देने के पक्ष में हो गया था। कारण यह था कि एक दिन मैंने कनखियों से देखा था कि पापा अपनी लड़की को चुपचाप अस्पताल का खाना दे रहे हैं। लड़की इधर-उधर देखकर खाना अपने बैग में रख रही है। अस्पताल में रोटी, चीज और दीगर चीज़ें बहुत मिलती थीं। उन्हीं में से पापा कुछ बचाकर रख लेते थे और शाम को अपनी लड़की को दे देते थे। इसलिए अब जब उनकी लड़की आती थी तो मैं कमरे से बाहर आ जाता था।

आठ बजे के क़रीब सभी चले गए। मैं कमरे में आकर लेट गया। हॉयनिका के बारे में सोचने लगा। मेरे और उसके सम्बन्ध मधुर होते जा रहे थे। न केवल उसकी मुस्कराहट में दोस्ती और अपनापन बढ़ रहा था बल्कि कभी-कभी बहुत प्यार से वह मेरा कन्धा भी दबा देती थी। मैं भी अपनी तरफ़ से यही दिखाता था कि उसे पसन्द करता हूँ। एक बार उसे छोटा-मोटा भारतीय उपहार भी दिया था। बहरहाल प्रगति थी और अच्छी प्रगति थी। चूँकि अस्पताल में कोरी कल्पनाएँ करने के लिए काफ़ी समय रहता था इसलिए मैं हॉयनिका के बारे में मधुर, कोमल, छायावादी क़िस्म की कल्पनाएँ भी करने लगा था। वह वैसे बहुत सुन्दर तो न थी, क्योंकि हंगेरी में महिलाओं की सुन्दरता के मानदंड बहुत ऊँचे हैं। अक्सर सड़क पर टहलते हुए ऐसी लड़कियाँ दिख जाती हैं कि लगता है कि आप स्वर्ग की किसी सड़क पर टहल रहे हैं। पर वह सुन्दर न होते हुए भी अच्छी है। या शायद मुझे लगती हो। शायद इसलिए लगती हो कि मुझे थोड़ी-बहुत घास डाल देती है। बहरहाल कारण चाहे जो भी हो, मैं ठीक दस बजे कमरे से बाहर आया। गैलरी

की बत्तियाँ बन्द हो चुकी थीं। चारों तरफ़ सन्नाटा था। डॉक्टर अपने कमरों में थके-हारे सो रहे होंगे। हॉयनिका अपने केबिन में बैठी कोई पत्रिका पढ़ रही थी। मुझे देखते ही उसने पत्रिका रख दी। मुझे बैठने के लिए कहा। वह कॉफ़ी पी रही थी। छोटे-से कप में काली कॉफ़ी। मुझे भी दी। मैं अमृत समझकर पीने लगा। इधर-उधर की टूटी-फूटी बातों के बाद मैंने उसे 'वाक्मैन' पर सितार सुनाया। मैं ख़ुद हंगेरियन महिलाओं की पत्रिका के पन्ने पलटता रहा। कॉफ़ी ने मुँह का मज़ा चौपट कर दिया था लेकिन क्या कर सकता था? सितार सुनने के बाद उसने 'वाक्मैन' मुझे वापस कर दिया। मैंने मुस्कराकर उसकी तरफ़ देखा। वह सुन्दर लग रही थी। वही नींद में डूबी आँखें, बिखरे हुए बाल, लाल और कुछ मोटे होंठ, शरारत से भरी आँखें। मैंने धीरे से एक हाथ उसके कन्धे पर रखा और कुछ आगे बढ़ा। उसकी आँखों में मुस्कराहट नाच उठी। वह कुछ नहीं बोली। बल्कि शायद मौन स्वीकृति। गैलरी का अँधेरा, बाहर लैम्प पोस्ट से आती पीली रोशनी, पेड़ों पर चमकती सफ़ेद बर्फ़, दूर से आती स्पष्ट आवाज़ें। मैंने अपना चेहरा और आगे बढ़ाया। इतना आगे कि उसका चेहरा 'आउट आफ फ़ोकस' हो गया। उसकी साँसें मुझसे टकराने लगीं। होंठों पर कॉफ़ी, सिगरेट और लिपस्टिक का मिला-जुला स्वाद था। होंठों के अन्दर एक दूसरा स्वाद था जिसमें न तो मिठास थी और न कड़वाहट। उसका चेहरा एक ओर झूलता चला गया। मेरे हाथ कन्धे से हटकर उसकी पीठ पर आ गए थे। उसके हाथ भी निश्चल नहीं थे। जब मैं उसे देख पाया तो उसके चेहरे पर बड़ा दोस्ताना भाव था। उसने मेरा हाथ पकड़ रखा था। उसकी प्याली में कॉफी बच गई थी। वह उसने मुँह में उड़ेल ली। मैं उठ गया। 'विसोन्तलात आशरा' का एक्सचेंज हुआ। कल मैंने उसे कुछ नया संगीत सुनाने का वायदा किया। उसने हँसकर स्वीकार किया।

ये कुछ औपचारिक और अनौपचारिक के बीच वाली बात हो गई थी। मैं कमरे में आया तो इतना ख़ुश था कि यह सोचा ही नहीं कि वहाँ पापा लेटे होंगे। पापा बिलकुल सीधे लेटे थे। उनके सफ़ेद बाल बिखरे हुए थे। उन पर खिड़की से आती चाँदनी पड़ रही थी। पापा का चेहरा

फ़रिश्तों जैसा शान्त लग रहा था। काम, क्रोध, माया, मोह से बिलकुल अछूता। एक अजीब तरह की आध्यात्मिकता छाई हुई थी। ऐसा लगता था जैसे वे अस्पताल के बेड पर नहीं अपने ताबूत में कब्र के अन्दर लेटे हों। उनके चेहरे से दैवी ज्योति फूट रही थी। मैं एकटक उन्हें देख रहा था। इससे पहले के दृश्य और इस दृश्य के बीच मैं कोई तारतम्य स्थापित करने की कोशिश कर रहा था। पर मुझे सफलता नहीं मिल रही थी। मुझे लगने लगा कि कमरे में नहीं ठहरा जा सकता। मैं बाहर आ गया। हॉयनिका अपने केबिन में थी पर मैं उधर नहीं गया। दूसरी तरफ़ मुड़ गया और एक लम्बी, विशाल खिड़की से बाहर देखने लगा। पत्तीविहीन लम्बे-लम्बे पेड़ों की हवा में हिलती शाखाएँ, ज़मीन पर चमकती बर्फ़, लोहे की रेलिंग से आगे फुटपाथ पर दूधिया रोशनी और उसके भी आगे मुख्य सड़क पर ऊँचे-ऊँचे पीली रोशनी फैलाते लैम्प पोस्ट खड़े थे। नीचे से कारों की हेडलाइटें गुज़र रही थीं। खिड़की के बाहर का पूरा दृश्य प्रकाश, अन्धकार गति और स्थिरता का एक कलात्मक कम्पोजीशन-सा लग रहा था। तेजी से गुज़रती कारें देखकर यह अजीब बेवकूफ़ी का ख़याल आया कि इनमें कौन बैठा होगा? आदमी या औरत? व्यापारी, अपराधी, कर्मचारी, किसान, नेता, अध्यापक, पत्रकार, छात्र प्रेमी युगल? कौन होगा? क्या सोच रहा होगा? उबाऊ और नीरस जीवन के बारे में या चुटकियों में उड़ा देनेवाली ज़िन्दगी के बारे में? फिर अपने पर हँसी आई। सोचा कोई भी हो सकता है, कुछ भी सोच रहा होगा, तुमसे क्या मतलब, जाओ सो जाओ। लेकिन फिर पापा की याद आ गई। अन्दर जाने में एक अजीब तरह की झिझक पैदा हो गई।

मुझे अस्पताल में इतने दिन हो गए थे और मैं उस जीवन में इतना रम गया था कि लगा अब घर वापस गया तो अस्पताल 'मिस' करूँगा या शाम को घर वापस लौटने के बजाय अस्पताल आ जाया करूँगा। क्योंकि अब मैं वार्ड में शायद सबसे सीनियर मरीज़ था इसलिए झिझक मिट गई थी। मैं वार्ड के 'किचन' तक में चला जाता था। अपने लिए चाय बना लेता था। गैलरी में ख़ूब टहलता था। नए मरीज़ों से बात करने की कोशिश

करता था। पुराने मरीज़ों को जान-पहचान वाली 'हेलो' करता था। यह देखना भी मज़ेदार लगता था कि मरीज़ आते हैं तो उनके चेहरों पर क्या भाव होते हैं, ऑपरेशन के बाद कैसे लगते हैं और ठीक होकर वापस जाते समय उनके चेहरों पर क्या भाव होते हैं। और कुछ नहीं तो सुन्दर नर्सों और लेडी डॉक्टरों की चाल देखता था। उससे भी उकता जाता था तो बाहर गिरती बर्फ़ में लदे सफ़ेद पेड़ देखता था। देखनेवाली चीज़ों में पापा की मेज़ पर रखा जूस का डिब्बा भी था जिसे मैं कई दिन से उसी तरह रखा देख रहा था जैसा वह था। पापा ने उसे नहीं खोला था। वह जैसे का तैसा कई दिन से वैसा ही रखा था।

हंगेरियन मैं नहीं जानता लेकिन इतना मालूम है कि संसार की किसी भाषा के समाचार-पत्र में कई दिन तक 'प्रमुख शीर्षक' तक नहीं हो सकता। पापा जो अख़बार तीन दिन से पढ़ रहे थे उसमें मुझे ऐसा लगा। यानी वे तीन दिन से पुराना अख़बार पढ़ रहे थे। मुझे अख़बार पर ग़ुस्सा आया। यह ताज़ा अख़बार की बदनसीबी थी कि वह पापा तक नहीं पहुँचता। दोपहर को अख़बार बेचनेवाला आया और पापा सो रहे थे तो मैंने उससे नया अख़बार लेकर पापा की मेज़ पर रख दिया और पुराना बाहर रख आया। पापा जब उठे तो उन्हें नया अख़बार मिला। वे समझ नहीं पाए कि यह कैसे हो गया। मैं बताना भी नहीं चाहता था।

हॉयनिका दो-तीन दिन के 'गैप' के बाद रात की ड्यूटी में ही आती थी। मैं बराबर उससे मिलता था। लेकिन एक-आध बार भाषा की बाधा के कारण काफ़ी खीज गया और सोचा किसी हंगेरियन मित्र के माध्यम से कभी हॉयनिका से लम्बी बातचीत करूँगा। हमारी मित्रता में शब्दों का अभाव अब बुरी तरह खटकने लगा था और लगता था इस सीमा को तोड़ना ज़रूरी है। एक दिन शाम को जब मारिया आईं तो मैंने उनसे अपनी समस्या बताई। उन्होंने कहा, "ठीक है, आप द्विभाषिए के माध्यम से प्रेम करना चाहते हैं।"

मैंने कहा, "नहीं ये बात नहीं है। लेकिन मुझे लगता है कि अब मुझे उसके बारे में कुछ अधिक जानना चाहिए। हो सकता है उसके मन में भी यह हो।"

ख़ैर तय पाया कि शाम के ज़रूरी काम जब वह निपटा लेगी तो हम उसके केबिन में जाएँगे और मारिया जी के माध्यम से बातचीत होगी। मैं ख़ुश हो गया कि मेरी अमूर्त कल्पनाओं को कुछ ठोस सहारा मिला सकेगा। हम जब हॉयनिका के केबिन में गए तो वह पत्रिका पढ़ रही थी और कॉफ़ी पी रही थी। मारिया ने उसे जब मेरे और अपने आने का कारण बताया तो उसके चेहरे पर मुस्कराहट फैलती चली गई।

मैंने मारिया से कहा, "पहले तो इसे बताइये कि मुझे इस बात का कितना दुख है कि हंगेरियन नहीं बोल सकता और उससे बातचीत नहीं कर सकता। यही वजह है कि मैं न उससे वह सब पूछ सका या कह सका जो चाहता था।" मेरी बातों पर वह लगातार मुस्कराये जा रही थी।

"ये कहाँ रहती है?"

"बुदापैश्त से दूर एक छोटा-सा शहर है वहाँ रहती है।"

"वहाँ से आने में कितना समय लगता है?"

"तीन घंटे।"

"तीन घंटे आने में और तीन घंटे जाने में?"

"जी हाँ।"

"यहाँ क्यों नहीं रहती है?"

"यहाँ फ्लैटों के किराये इतने ज़्यादा हैं कि वह 'एफोर्ड' नहीं कर सकती—और वहाँ इसने किस्तों पर एक मकान ख़रीद लिया है।"

"कितनी किस्त देनी पड़ती है?"

"पन्द्रह हज़ार फोरेन्त महीना।"

"और उसे तनख्वाह कितनी मिलती है?"

"सत्रह हज़ार फोरेन्त।"

"तो कहाँ से खाती-पीती है?"

"इसका पति भी काम करता है।"

"क्या काम करता है?"

"चौकीदार है—किसी फैक्ट्री में।" सुनकर मुझे लगा कि यह नितान्त अन्याय है। सुन्दर महिलाओं के पतियों को उनकी पत्नियों की सुन्दरता की आधार पर नौकरी मिलनी चाहिए।

"इसकी एक दो साल की बच्ची भी है।"

"उसे कौन देखता-भालता है?"

"दिन में ये देखती है—कभी-कभी इसकी माँ और रात में इसका पति। यह कह रही है कि उसकी ज़िन्दगी काफ़ी मुश्किल है। लेकिन घर-परिवार की या निजी समस्याएँ यह अपने साथ अस्पताल में नहीं लाती। यहाँ तो हर मरीज़ के साथ हँसकर बात करनी पड़ती है।"

यह सुनकर मैं चौंक गया। 'हर मरीज़' में तो मैं भी आ गया और 'करनी पड़ती है' का मतलब विवशता है। कुछ क्षण मैं ख़ामोश रहा।

पता नहीं क्यों मैंने मारिया से कहा, "इससे पूछिए कि इसकी सबसे बड़ी इच्छा क्या है? यह क्या चाहती है कि क्या हो? बड़ी ख़्वाहिश, अभिलाषा?"

"ये कह रही है कि इसकी सबसे बड़ी कामना यही है कि हर महीने मकान की किस्तें अदा होती रहें और मकान अपना हो जाए—और यह भी चाहती है कि उसे एक बेटा भी हो। यानी एक बेटी और एक बेटा और अपना मकान।"

"ठीक है, ठीक है—बहुत अच्छा—अब चलें।" मैं थोड़ा घबराकर बोला। मारिया मुस्कराने लगीं—बहुत अर्थपूर्ण और कुछ-कुछ व्यंग्यात्मक।

"कल पापा का ऑपरेशन है। आज वे अच्छी तरह नहाए हैं। अच्छी तरह कंघी की है। मैं आज उनसे आँख मिलाने की हिम्मत नहीं कर सकता। उनकी धुँधली आँखों में देखना आज मुश्किल काम है।

शाम के वक़्त कुछ जल्दी ही उनकी लड़की आ गई। आज वह बहुत ज़्यादा उदास लग रही है। दोनों धीमे-धीमे बातें करने लगे। पापा की आवाज़ में सपाटपन है। वे बोलते-बोलते रुक जाते हैं। कुछ अन्तराल पर थोड़ी बातचीत होती है। फिर दोनों सिर्फ़ एक-दूसरे को देखते हैं। पापा की आँखें गहरी सोच में डूबी हुई हैं। वे छत की तरफ़ देख रहे हैं। लड़की खिड़की के बाहर देख रही है। बाहर से आवाज़ें आ रही हैं। पापा ने कुछ कहना शुरू किया। लड़की शायद सुन नहीं पा रही थी। वह और अधिक पास खिसक आई। उसी वक़्त मारिया कमरे में आईं। उनका आना दैवी

कृपा जैसा लगा। अभी वे अपना ओवरकोट, भारी-भरकम टोपी उतारकर बैठने भी न पाई थीं कि मैंने फ़रमाइश कर दी।

"ज़रा बताइए—क्या बातचीत हो रही है?"

"आप भी कुछ अजीब आदमी हैं!" वे हँसकर बोलीं।

"कैसे?"

"पूरे अस्पताल में आपको दो ही लोग पसन्द आए हैं। एक पापा दूसरी हॉयनिका। है ना?"

"हाँ है।"

"और दोनों में अद्‌भुत साम्य है।" वे हँसी।

"देखिए, बात मत टालिए—पापा कुछ कह रहे हैं—ज़रा सुनिए क्या कह रहे हैं।"

कुछ सुनने के बाद मारिया बोलीं, "पापा कह रहे हैं अब मैं किसी से नहीं डरता। अब मेरा कोई क्या बिगाड़ सकता है। मैं सच बोलूँगा।"

मारिया जी चुप हो गईं। पापा भी चुप हो गए थे। बातचीत का चूँकि कोई ओर-छोर न था इसलिए मैं सोचने लगा ये पापा क्या कह रहे हैं? अब किसी से नहीं डरते—मतलब पहले किसी से डरते थे। किससे डरते थे? बूढ़ा आदमी, जो हर तरह से अच्छा नागरिक मालूम होता है, किसी से क्यों डरेगा? और अब वह डर नहीं रहा। यह कैसा डर है जो पहले था अब ख़त्म हो गया? इस पहेली को सुलझाना मेरे बस की बात न थी। मैं पूछ भी नहीं सकता था। किसी के डरने का कारण पूछना वैसे भी असभ्यता है और निश्चित रूप से अगर डर किसी बूढ़े आदमी का हो तो और भी। पापा की दूसरी बात समझ में आती है, अब उनका कोई क्या बिगाड़ सकता है? ये तय है, चौरासी वर्षीय कैंसर के मरीज़ का कोई कुछ नहीं बिगाड़ सकता, क्योंकि यह स्पष्ट है कि अब उसका सामना सीधे मृत्यु से है। और जो कब्र में पैर लटकाए बैठा हो उसे क्या सज़ा दी जा सकती है? सबसे बड़ी सज़ा तो मृत्युदंड ही है न। सबसे बड़ी इच्छा जीवित रहने की है न। तो जो इससे ऊपर उठ गया हो उसका कोई कानून, कोई समाज, कोई व्यवस्था क्या बिगाड़ सकती है? और जब उनका कोई नहीं कुछ बिगाड़ नहीं सकता तो वे 'सब कुछ' कह सकते

हैं। जो महसूस करते हैं बता सकते हैं। हद यह है कि 'सच' तक बोल सकते हैं। सच—एक ऐसा शब्द जो घिसते-पिटते बिलकुल विपरीत अर्थ देने लगा है। लेकिन चौरासी वर्षीय कैंसर पीड़ित पापा, आठ घंटे का ऑपरेशन होने से पहले अगर सच शब्द का प्रयोग कर रहे हैं तो वास्तव में उसका वही मतलब है जो है। पर वह सच है क्या जो पापा बोलना चाहते हैं? और इससे पहले उन्होंने 'सच' क्यों नहीं कह दिया? फ़ैज़ की पंक्तियाँ याद आ गईं—'हर्फ़े हक दिल में खटकता है जो काँटे की तरह। आज इज़हार करें और ख़लिश मिट जाए।' तो पापा आज वह सत्य कहना चाहते हैं जो उनके दिल के बोझ को हल्का कर देगा। ठीक है पापा, कहो, ज़रूर कहो। कभी, कहीं, कोई, किसी तरह यह कहे तो कि 'हक' क्या है?

अगले दिन लम्बे इंतज़ार के बाद शाम होते-होते पापा ऑपरेशन थियेटर से वापस लाए गए तो लगा जैसे तारों, नलकियों, बोतलों, बैगों का एक तिलिस्म है जो उनके चारों ओर लिपट गया है। पता नहीं कितनी तरह की दवाएँ, कितनी जगहों से पापा के शरीर के अन्दर जा रही थीं और शरीर से क्या-क्या निकल रहा था जो बेड के नीचे लटकते बैगों में जमा हो रहा था। इन सब में जकड़े पापा को देखने की हिम्मत नहीं थी। वे बिलकुल शान्त थे, आँखें बन्द थीं। शायद बेहोश थे। वे सब बातें, वे सब डर जैसे मेरे अन्दर छिपे बैठे थे, सामने आ गए। पापा—बेचारे पापा—बेचारे पापा—नर्सें थोड़ी-थोड़ी देर के बाद आ रही थीं और आवश्यक कार्यवाही कर रही थीं। कुछ देर बाद उनकी लड़की आई। नर्स से बातचीत करके चली गई। रात में मैं कई बार उठा लेकिन पापा की हालत में कोई बदलाव नहीं देखा। न हिल रहे थे, न डुल रहे थे, न खर्राटे ले रहे थे। बस ग्लूकोज़ की टपकती बूँदें ही बताती थीं कि सब कुछ ठीक है। रात में कई बार नर्स आई। उसने बोतलें बदलीं, थैलियाँ बदलीं और पापा का टेम्प्रेचर वगैरा लिया और चली गई।

रात में मुझे तरह-तरह से ख़याल आते रहे। कुछ बड़े भयानक ख़याल थे। जैसे अचानक नर्स घबराकर खट-खट करती हुई बाहर जाएगी। दूसरे ही क्षण कई डॉक्टर आ जाएँगे। पापा को बाहर निकाला जाएगा और

फिर कुछ देर बाद दो-तीन लोगों के साथ पापा की लड़की आएगी। वह सिसक रही होगी। उसकी आँखें लाल होंगी। वह धीरे-धीरे पापा का सामान समेटेगी। पापा का चश्मा, उनकी डायरी, उनका कलम, उनके कपड़े, उनके जूते, तौलिया, साबुन और वह छोटी सी गठरी जिसमें से सख़्त बदबू आती है। मेज़ पर रखा जूस का वह डिब्बा उठाएगी जो अब तक बन्द है। दराज खोलेगी तो उसमें से कुछ खाने का सामान, छुरी, काँटा और चम्मच निकलेगा। इस सबका दौरान वह रोती रहेगी। साथ वाले लोग सांत्वना के एक-आध शब्द कहेंगे। फिर सामान समेटकर वह पापा के बेड पर एक नज़र डालेगी और चीखकर रो पड़ेगी। उसी समय नर्स जाएगी और उसे कन्धे से पकड़कर बहुत धीरे-धीरे कुछ समझाती हुई बाहर ले आएगी। कमरे से पापा के वहाँ रहने के सारे सबूत मिट जाएँगे। थोड़ी देर के लिए खिड़की खोली जाएगी तो ताज़ी हवा अन्दर आएगी। छोटी नर्सें खटाखट बेड कवर, तकिए के ग़िलाफ़ और चादरें बदल देंगी। लोहे के सफ़ेद बेड को साफ़ कर देंगी और बाहर निकल जाएँगी। अब वहाँ सिर्फ़ मैं बचूँगा। और अगर मैं किसी को बताना भी चाहूँगा कि बेड पर पापा ने अपनी ज़िन्दगी के सबसे सच्चे क्षण गुज़ारे हैं तो किसी को यक़ीन नहीं आएगा।

दो दिन तक पापा की हालत बिलकुल एक-सी रही। उसके बाद मेरा अपना छोटा वाला ऑपरेशन हुआ और मैं पड़ गया। एक-आध दिन के बाद क़रीब शाम के वक़्त जब मेरे पास मारिया और पापा के पास उनकी लड़की बैठी थी तो सीनियर नर्स आई और बोली कि पापा को बैठाया जाएगा। उसने पापा का बेड ऊँचा किया। पापा दर्द से चिल्लाने लगे। फिर बेड नीचा कर दिया गया। लेकिन नर्स ने कहा कि इस तरह काम नहीं चलेगा। आख़िर दोनों के बीच फ़ैसला हुआ कि जितना ऊँचा पहले किया गया था उसका आधा ऊँचा कर दिया जाए। उस दिन मारिया ने बताया कि पापा कह रहे हैं कि "भगवान की कृपा से अब मैं डेढ़-दो साल और जी जाऊँगा।" मारियाजी को इस वाक्य पर बड़ी हँसी आई थी। उन्होंने कहा था कि भगवान पर ऐसा विश्वास हो तो फिर क्या समस्या है। पापा अपनी लड़की को यह भी बता रहे थे, उनका खाना बन्द है

और वे सूखकर काँटा हो गए हैं। पापा सिर्फ़ 'लिक्विड डाइट' पर थे। जूस का सौभाग्यशाली डिब्बा खुल गया था। उसके अलावा पापा को कॉफी और सूप मिलता था।

एक-आध दिन बाद मैं बाथरूम से कमरे में आया तो एक अद्भुत दृश्य देखा। बेड का सहारा लिये पापा खड़े थे। उनके सफ़ेद बाल बिखरे थे। सफ़ेद लम्बा-सा अस्पताल का चोगा लटक रहा था। हाथ और पैर बिलकुल काले हो गए थे। शरीर के चारों ओर कुछ नलकियाँ और बैग झूल रहे थे। उनके चेहरे पर कोई भाव न थे। अपने खड़े रहने पर वे इतना ध्यान दे रहे थे कि और कुछ व्यक्त करने का उनके पास समय ही न था। मैंने सोचा कि उनके खड़ा होने पर बधाई दूँ या कम-से-कम हंगेरियन शब्द 'यो' 'यो' कहूँ जिसका मतलब 'अच्छा' 'सुन्दर' आदि है। लेकिन फिर लगा कि कहीं पापा को 'डिस्टर्ब' न कर दूँ। उसी तरह, जैसे बच्चे जब पहली-पहली बार खड़े होते हैं, और उन्हें देखकर माता-पिता हँस देते हैं तो वे धप्प से बैठ जाते हैं। पापा खड़े रहे। उन्होंने एक बार गर्दन उठाकर सामने देखा। एक बार गर्दन झुकाकर नीचे देखा। बेड को पकड़े-पकड़े एक कदम आगे बढ़ाया, उसके बाद वे रुक गए। पापा को खड़े देखकर यह लगा कि केवल पापा ही नहीं खड़े हैं। उनके साथ न जाने क्या-क्या खड़ा हो गया है। मैं एकटक भी नहीं देख सकता था। डर था कहीं पापा मुझे देखता हुआ न देख लें।

मेरे अस्पताल से निकाल दिए जाने के दिन क़रीब आ रहे थे। मैं जानता था कि जितना यहाँ आराम है, उतना कहीं और न मिलेगा। जितनी यहाँ शान्ति है उतनी शायद शान्ति निकेतन में भी न होगी। यहाँ समय अपने वश में लगता है लेकिन बाहर मैं समय के वश में रहता हूँ। बहरहाल अस्पताल से बाहर जाने का विचार इस माने में तो अच्छा था कि ठीक हो गया हूँ। लेकिन इस अर्थ में अच्छा नहीं था कि बाहर अधिक ख़ुश रहूँगा। अस्पताल के जीवन का मैं इतना अभ्यस्त हो गया था या वह मुझे इतना पसन्द आया था कि बाहर निकाल दिए जाने का विचार एक साथ ख़ुशी और अफ़सोस की भावनाओं का संचार कर रहा था। हॉयनिका ने

भी एक बार मज़ाक़ में कहा था कि मेरे अस्पताल से चले जाने के बाद मैं उसे बहुत याद आऊँगा। मैंने कहा कि अस्पताल के बाहर भी कहीं मिला जा सकता है? लेकिन फिर ख़ुद अपने प्रस्ताव पर शर्मिन्दा हो गया था—दो-तीन घंटे की यात्रा और पूरी रात अस्पताल की ड्यूटी के बाद सुबह सात बजे तीन घंटे की यात्रा करने के लिए निकलनेवाले से 'कहीं बाहर' मिलने की बात करना अपराध लगा।

पापा को खाना दिया जाना लगा था। अब वे अपनी लड़की से यह शिकायत करते थे कि खाना कम दिया जाता है। कई दिन भूखे रहने के बाद उनकी ख़ुराक शायद बढ़ गई थी। लेकिन इस सम्बन्ध में कुछ नहीं किया जा सकता था। अस्पताल वाले नियमित मात्रा में ही खाना देते थे। पापा अब चूँकि थैलियाँ लटकाए चलने-फिरने लगे थे इसलिए भी भूख खुल गई होगी। ऑपरेशन के बाद पापा के पास से वह दुर्गन्ध आना बन्द हो गई थी, लेकिन कभी-कभी वह 'ट्यूब' या थैली खुल जाती थी जिसमें टट्टी आती थी। उसके खुलते ही भयानक दुर्गन्ध कमरे में भर जाती थी और बाहर निकलने के अलावा कोई रास्ता न बचता था। एक दिन यह हुआ कि पापा की टट्टीवाली थैली खुल गई। उन्होंने उसे स्वयं बन्द करने की कोशिश की तो वह और ज़्यादा खुल गई। मैं कमरे से बाहर चला गया। कुछ देर बाद कमरे में आया तो देखा पापा खड़े हुए थैलियों से जूझ रहे हैं। टट्टी की थैली से गन्दगी निकलकर बिस्तर पर, फ़र्श पर, फैल गई है। पापा का चोगा उतर गया है। वे बिलकुल नंगे खड़े हैं। सफ़ेद बाल बिखरे हुए हैं। पापा थैलियों को लगाने की कोशिश कर रहे थे। नर्स को नहीं बुला रहे। यह देखकर अच्छा लगा। पापा अब ये काम अपने आप कर सकते हैं। लेकिन मैंने नर्सों से जाकर कहा। वे आईं। पापा और कमरे की पूरी सफ़ाई हो गई, पापा नये चोगे में लेट गए। चश्मा लगाकर अख़बार ले लिया। खिड़की खोल दी गई। मैं भी लेट गया। मैं अमजद अली ख़ाँ को सुनने लगा।

पापा कुर्सी पर भी अक्सर बैठ जाते थे। एक दिन मैंने देखा कि पापा चश्मा लगाए, गम्भीर मुद्रा में, हाथ में कलम लिये कुर्सी पर बैठे हैं। सामने मेज़ पर कुछ काग़ज़ रखे थे। मैं समझा शायद कुछ हिसाब लिख

रहे हैं, लेकिन कलम चलने की रफ़्तार से कुछ समझ में नहीं आया। न तो वे पत्र लिख रहे थे न डायरी लिख रहे थे, न हिसाब कर रहे थे। वे कलम को हाथ में पकड़े गम्भीरता से काग़ज़ की तरफ़ देखकर देर तक कुछ सोचते थे और फिर झिझकते हुए कमल उठाते थे। एक-आध शब्द लिखते थे और फिर कलम रुक जाती थी। एकाग्रता बहुत गहरी थी। माथे पर लकीरें पड़ी हुई थीं। चिन्ता में ऐसे डूबे थे जैसे कोई ऐसा काम कर रहे हों जो उनके लिए ज़रूरी से भी ज़्यादा ज़रूरी हो। यह जानने के लिए, ऐसा क्या हो सकता है, मैं उठा और टहलने के बहाने पापा के पीछे पहुँच गया। अब मैं देख सकता था कि वे क्या कर रहे हैं। मैंने देखा पापा यूरोप की सबसे बड़ी लॉटरी 'लोटो टोटो' के नम्बर भर रहे हैं। वाह पापा वाह! तो ये ठाठ हैं। इसका मतलब है अब तुम बिलकुल चंगे हो गए हो। लाटरी पर भी यूरोप की सबसे बड़ी लाटरी—सौ मिलियन फोरेन्त। भई वाह—क्या करोगे इतना पैसा पापा? चर्च बनवाओगे? उस भगवान का घर जिसकी कृपा से तुम साल-डेढ़ साल और जीओगे या अपने लिए शानदार कोठी बनवाओगे? या हर साल जाड़ों में फ्रांस के समुद्र-तट पर जाया करोगे? समुद्र में नहाओगे? ख़ूबसूरत फ्रांसीसी लड़कियों के साथ 'बीच' पर लेटकर आपना रंग सुनहरा करोगे? या ये सौ मिलियन डॉलर तुम अपनी लड़की को दे दोगे? या महँगी-महँगी गाड़ियाँ ख़रीदोगे? जायदाद बनाओगे या कोई सरकारी फ़ैक्टरी ख़रीद लोगे जो आजकल धड़ाधड़ बिक रही हैं? क्या करोगे पापा? क्या करोगे सौ मिलियन फोरेन्त? ये बताओ कि अगर ये लाटरी तुम्हारी नाम निकल आई तो तुम्हें ये सूचना देने का जोखिम कौन उठाएगा? यह सुनकर तुम्हें क्या लगेगा कि मरने से डेढ़-दो साल पहले तुम करोड़पति हो गए हो? फिर तुम्हारे लिए एक मिनट एक महीने जैसा क़ीमती होगा। तब तुम अपना एक मिनट कितनी होशियारी, चतुराई, सतर्कता, समझदारी से गुज़ारोगे? कुछ भी कहो पापा, सौ मिलियन मिलने के बाद तुम्हारी परेशानियाँ बढ़ ही जाएँगी। लेकिन यह बड़ी बात है। कितने ऐसे लोग मिलेंगे जो तुम्हारी उम्र तक पहुँचते-पहुँचते इच्छाओं से ख़ाली हो जाते हैं। तुम्हारें पास सौ मिलियन फोरेन्त ख़र्च करने की योजना भी होगी। क्योंकि हर लाटरी खेलनेवाले के पास

इस प्रकार की एक योजना होती है। तुम्हारे पास योजना है तो तुम सोचते हो अपने बारे में, परिवार के बारे में, लोगों के बारे में। यह बहुत है पापा, बहुत है। अच्छा पापा, एक बात पूछूँ? कान में, ताकि कोई और सुन न लें। ये बताओ कि यह इच्छा—मतलब लाटरी निकल आने की इच्छा कब से है तुम्हारे मन में? क्या मन्दी के दिनों से है जब तुम जवान और बेरोज़गार थे? या उस समय से है जब जर्मन और रूसी गोलियों से बचने तुम किसी अन्धे तहखाने में छिपे हुए थे? क्या यह इच्छा उस समय भी थी तुम्हारे मन में जब तुम विजई लाल सेना का स्वागत कर रहे थे? बाद के दिनों में क्रान्ति के गीत गाते हुए या सहकारी आन्दोलन में रात-दिन भिड़े रहने के बाद भी तुम यह सपना देखने के लिए थोड़ा-सा समय निकाल लेते थे? माफ़ करना पापा, मैं ये सब इसलिए पूछ रहा हूँ कि ऐसे सपने देखना कोई बुढ़ापे में शुरू नहीं करता। है न?

स्विमिंग पूल

मुझे लग रहा था कि जिसका मुझे डर था, वही होने जा रहा है। और अफ़सोस यह है कि मैं कोशिश भी करूँ तो उसे रोक नहीं सकता। मैंने कई प्रयत्न किए कि पत्नी मेरी तरफ़ देख लें ताकि इशारे-ही-इशारे में उन्हें ख़ामोश रहने का इशारा कर दूँ, लेकिन वे लगातार वी.आई.पी. से बातें किए जा रही थीं। मेरे सामने कुछ दूसरे अतिथि खड़े थे, जिन्हें छोड़कर मैं एकदम से पत्नी और वी.आई.पी. की तरफ़ नहीं जा सकता था। प्रयास करता हुआ जब तक मैं वहाँ पहुँचा तो पत्नी वी.आई.पी. से 'उसी' के बारे में बात कर रही थीं। धाराप्रवाह बोल रही थीं। मैं शर्मिन्दा हुआ जा रहा था। जब मुझसे ख़ामोश न रहा गया तो बोला, "अरे छोड़ो, ठीक हो जाएगा।"

पत्नी गुस्से में बोलीं, "आपको क्या है, सुबह घर से निकल जाते हैं तो रात ही में वापस आते हैं। जो दिन-भर घर में रहता हो उससे पूछिए कि क्या गुजरती है।"

यह कहकर पत्नी फिर 'उसके' बारे में शुरू हो गईं। मैं दिल-ही-दिल में सोचने लगा कि पत्नी पागल नहीं तो, हद दर्जे की बेवकूफ़ ज़रूर हैं जो इतने बड़े महत्त्वपूर्ण और प्रभावशाली वी.आई.पी. से शिकायत भी कर रही हैं तो ये कि देखिए हमारे घर के सामने नाला बहता है, उसमें से बदबू आती है, उसमें सूअर लोटते हैं, उसमें आसपास वाले भी निगाह बचाकर गन्दगी फेंक जाते हैं, नाले को कोई साफ़ नहीं करता। सैकड़ों बार शिकायतें दर्ज कराई जा चुकी हैं। एक बार तो किसी ने मरा हुआ इतना बड़ा चूहा फेंक दिया था कि वह पानी में फूलकर आदमी के बच्चे जैसा लगने लगा था।

यह सच है कि हमने घर के सामनेवाले नाले की शिकायतें सैकड़ों बार दर्ज कराई हैं। लेकिन नाला साफ़ कभी नहीं हुआ। उसमें से बदबू आना कम नहीं हुआ। जब हम लोग शिकायतें करते-करते थक गए तो कुछ ऐसे परिचितों से मिले जो इस बारे में मदद कर सकते थे, यानी कुछ सरकारी कर्मचारियों या नगरपालिका के सदस्य या और दूसरे किस्म के प्रभावशाली लोग। लेकिन नाला साफ़ नहीं हुआ। हमारे यहाँ भी मित्र लगातार आते हैं, वे नाला-सफ़ाई कराने सम्बन्धी पूरी कार्यवाही से परिचित हो गए हैं। सब जानते हैं कि इस बारे में उप राज्यपाल को दो रजिस्टर्ड पत्र जा चुके हैं। इसके बारे में एक स्थानीय अख़बार में फ़ोटो सहित विवरण छाप चुका है। इसके बाद भी महानगर पालिका के दफ़्तर में जो पत्र भेजे गए हैं उनकी फ़ाइल इतनी मोटी हो गई है कि एक आदमी से उठाए नहीं उठती, आदि-आदि।

वी.आई.पी. को घर बुलाने से पहले भी मुझे डर था कि पत्नी कहीं उनसे नाले का रोना न लेकर बैठ जाएँ। क्योंकि मैं उनकी मानसिक हालत समझता था, इसलिए मैंने उन्हें समझाया था कि देखो नाला-वाला छोटी चीज़ें हैं, यह वी.आई.पी. के बाएँ हाथ का भी नहीं, आँख के इशारे का काम है। ये काम तो उनके यहाँ आने की ख़बर फैलते ही, अपनेआप हो जाएगा। लेकिन इस वक़्त पत्नी सब कुछ भूल चुकी थीं। मजबूरन मुझे भी वी.आई.पी. के सामने 'हाँ' 'हूँ' करनी पड़ रही थी। आख़िरकार वी.आई.पी. ने कहा कि यह चिन्ता करने की कोई बात ही नहीं है।

वी.आई.पी. के आश्वासन के बाद ही पत्नी कई साल के बाद ठीक से सो पाईं। उन्हें दोस्तों और मोहल्ले वालों ने बधाई दी कि आख़िर काम हो ही गया।

वी.आई.पी. के आश्वासन से हम लोग इतने आश्वस्त थे कि एक-दो महीने तो हमने नाले के बारे में सोचा ही नहीं, उधर देखा ही नहीं। नाला हम सबको कैंसर के उस रोगी जैसा लगता था जो आज न मरा तो कल मर जाएगा। —कल न सही तो परसों—पर मरना निश्चित है। धीरे-धीरे नाला हमारी बातचीत से बाहर हो गया।

जब कुछ महीने गुज़र गए तो पत्नी ने महानगर पालिका को फ़ोन किया। वहाँ से उत्तर मिला कि नाला साफ़ किया जाएगा। फिर कुछ महीने गुज़रे, नाला वैसे का वैसा ही रहा। पत्नी ने वी.आई.पी. के ऑफ़िस फ़ोन किया। वे इतने व्यस्त थे, दौरों पर थे, विदेशों में थे कि सम्पर्क हो ही नहीं सका।

महीनों बाद जब वी.आई.पी. से सम्पर्क हुआ तो उन्होंने बहुत आत्मविश्वास से कहा कि काम हो जाएगा। चिन्ता मत कीजिए। लेकिन यह उत्तर मिले छह महीने बीत गए तो पत्नी के धैर्य का बाँध टूटने लगा। वे मंत्रालय से लेकर दीगर दफ़्तरों के चक्कर काटने लगीं। इस मेज़ से उस मेज़ तक। उस कमरे से इस कमरे तक। सिर्फ़ 'हाँ' 'हाँ' 'हाँ' 'हाँ' जैसे आश्वासन मिलते रहे, लेकिन हुआ कुछ नहीं।

एक दिन जब मैं ऑफ़िस से लौटकर आया तो पत्नी ने बताया कि उन्होंने नाले में बहुत-से फूल बहते देखे हैं। मैंने कहा, "किसी ने फेंके होंगे।"

इस घटना के दो-चार दिन बाद पत्नी ने बताया कि उन्होंने नाले में किताबें बहती देखी हैं। यह सुनकर मैं डर गया। लगा शायद पत्नी का दिमाग़ हिल गया है, लेकिन पत्नी नॉर्मल थीं।

फिर तो पत्नी ही नहीं, मोहल्ले के और लोग भी नाले में तरह-तरह की चीज़ें बहते देखने लगे। किसी दिन जड़ से उखड़े पेड़, किसी दिन चिड़ियों के घोंसले, किसी दिन टूटी हुई शहनाई।

एक दिन देर से रात गए घर आया तो पत्नी बहुत घबराई हुई लग रही थीं। बोलीं, "आज मैंने वी.आई.पी. को नाले में तैरते देखा था। वे बहुत ख़ुश लग रहे थे। नाले में डुबकियाँ लगा रहे थे। हँस रहे थे। किलकारियाँ मार रहे थे। उछल-कूद रहे थे, जैसा लोग स्विमिंग पूल में करते हैं।"

लकड़ी के अब्दुल शकूर की हँसी

(प्रस्तावना—हम तुम्हें मार रहे हैं लेकिन तुम हँस रहे हो। देखो कितनी सच्ची, प्यारी और अनोखी हँसी है। ऐसी हँसी तो शायद तुम पहले कभी नहीं हँसे। या हँसे होगे पर भूल गए। ये यह अच्छा है कि तुम्हारी याददाश्त कमज़ोर है, तुम उन सबको भूल जाते हो जिन्होंने तुम्हें हँसाया था। तुम दिल खोल कर हँस रहे हो। अब देखो तुम बदल रहे हो। तुम्हारे आँसू नहीं हैं ये तो ओस की बूँदें हैं जो आकाश से तुम्हारे ऊपर टपक रही हैं। देखो तुम्हारा अल्लाह भी तुमसे ख़ुश है क्योंकि तुम ख़ुश हो। देखो तुम ज़िन्दा हो। देखो तुम बोल सकते हो। आगे बढ़ रहे हो। तुम्हारी आनेवाली पीढ़ियाँ तुम पर गर्व करेंगी कि तुम कभी नहीं रोये। सिर्फ़ हँसते रहे, सिर्फ़ हँसते हो। हँसते रहो, हमारी यही कामना है।)

1

अब्दुल शकूर वल्द अब्दुल वहीद वल्द करीम वल्द रहीम वल्द रमना वल्द चमना के अन्दर एक बड़ी ख़ूबी पैदा हो गई है। वैसे तो अब्दुल शकूर बढ़ई का काम करता है। उसकी सात पुश्तों से यही काम होता आया है।

आजकल अब्दुल शकूर बहुत ख़ुश है, क्योंकि उसके अन्दर एक ख़ास ख़ूबी पैदा हो गई है जो और किसी में नहीं है। मतलब यह कि अब्दुल शकूर जब पीटा जाता है तब वह हँसता है। ख़ुश होता है। इस

बात पर उसके घर वाले भी हँसते हैं। तालियाँ बजाते हैं और पीटनेवाला तो फूला नहीं समाता।

2

"अब्दुल शकूर तुम्हें मार खाने में मज़ा आता है?"

"जी हाँ मुझे मार खाने में मजा आता है।"

"कितना मज़ा आता है?"

"यह तो नहीं बता सकता। लेकिन समझ लीजिए बेहिसाब मज़ा आता है।"

"कोई भी मारता है तो तुम्हें मज़ा आता है?"

"नहीं।"

"फिर कौन मारता है जब तुम्हें मज़ा जाता है?"

"जब आप मारते हैं तो मुझे मज़ा आता है।"

3

"अब्दुल शकूर मैं मीडिया के सामने तुमसे एक सवाल पूछ रहा हूँ।"

"जी पूछिए।"

"अब्दुल शकूर मैं जब तुम्हें मारता हूँ तो तुम्हें चोट बिलकुल नहीं लगती?"

"नहीं मेरे को नहीं लगती।"

"तुम्हें बिलकुल दर्द नहीं होता?"

"नहीं मुझे कोई दर्द नहीं होता।"

"तुम्हारी तो खाल तक उधड़ जाती है। तुम्हें बिलकुल तकलीफ़ नहीं होती?"

"जी नहीं मुझे बिलकुल तकलीफ़ नहीं होती।"

"क्यों अब्दुल शकूर?"

इसलिए कि आप मुझे लकड़ी का जो समझते हैं।

4

"अब्दुल शकूर मैं तुम्हें क्यों मारता हूँ?"

"इसलिए कि मैं देश से प्रेम नहीं करता।"

"यह तुम्हें कैसे पता चला कि तुम देश से प्रेम नहीं करते।"

"सर यह तो मुझे पता ही नहीं चलता अगर..."

"अगर क्या? बताओ-बताओ?"

"अगर..."

"फिर तुम रुक गए—बताओ?"

"अगर आपने न बताया होता तो।"

5

"मेरा एक बहुत बड़ा दुश्मन है। उसके पास बहुत ताक़त है। वह मुझे बर्बाद कर देना चाहता है। मैं उसका सामना करने के लिए हमेशा तैयार रहता हूँ। वह कभी छुपा हुआ वार करता है, कभी सामने से हमला करता है। तुम जानते हो अब्दुल शकूर वह कौन है?"

"हाँ मैं जानता हूँ कौन है।"

"बताओ वह कौन है?"

"मैं हूँ मैं।"

6

"अब्दुल शकूर क्या तुम सपने देखते हो?"

"हाँ जी मैं सपने देखता हूँ।"

"क्या सपना देखते हो?"

"मैं सपना देखता हूँ कि एक हरी घास का मैदान है और उस मैदान में एक घोड़ा घास चर रहा है।"

"वह घोड़ा कौन है?"

"वह मैं हूँ।"

"फिर क्या होता है?"

"हरी घास चर ही रहा हूँ तभी मेरे मुँह में लगाम डाल दी जाती है और मैं घास भी नहीं चर पाता।"

"तब?"

"तब मेरी पीठ पर कोई बैठ जाता है।"

"तुम्हारी पीठ पर कौन बैठ जाता है?"

"मेरी पीठ पर आप ही बैठ जाते हैं और मुझे कोड़ा मारते हैं। मैं तेज़ी से भागता हूँ।"

"फिर?"

"सामने से कोई चला आ रहा है।"

"कौन चला आ रहा है?"

"मैं ही चला आ रहा हूँ।"

"फिर?"

"और मैं अपने को रौंदता हुआ निकल जाता हूँ।"

7

"तुम पढ़ क्यों नहीं पाए अब्दुल शकूर तमाम स्कूल-कॉलेज खुले हुए हैं?"

"हाँ ग़लती मेरी ही है।"

"तुम अपना इलाज क्यों नहीं करा पाए अब्दुल शकूर तमाम अस्पताल खुले हुए हैं?"

"हाँ ग़लती मेरी ही है।"

"तुम नौकरी क्यों नहीं पा पाए अब्दुल शकूर तमाम दफ्तर खुले हुए हैं?"

"हाँ ग़लती मेरी है।"

"तुम कितनी ग़लतियाँ करोगे अब्दुल शकूर?"

"लकड़ी का आदमी ग़लती नही करेगा तो क्या करेगा साहब?"

8

"अब्दुल शकूर तुम्हारे घर की दीवार गिर गई।"

"कोई बात नहीं गिर जाने दो।"

"अब्दुल शकूर तुम्हारे घर की छत गिर गई।"

"गिर जाने दो कोई बात नहीं।"

"अब्दुल शकूर तुम्हारे बीवी-बच्चे नीचे दब गए है।"

"दब जाने दो कोई बात नहीं।"

"तुम्हारी दुकान में आग लग गई है। तुम्हारे सारे औजार जल गए। तुम्हारे पास खाने को कुछ नहीं है।"

"कुछ भी हो जाए, हो जाए।"

"क्यों अब्दुल शकूर?"

"अच्छे दिन आएँगे।"

"ये तुमसे किसने कहा।"

"मुझे यक़ीन है।"

"कैसे?"

"आपने ही बताया है।"

9

"अब्दुल शकूर तुमने खाना खाया?"

"खा लिया।"

"लेकिन तुम्हारे घर में तो कुछ था नहीं।"

"तुमने पानी पिया?"

"जी पी लिया।"

"लेकिन तुम्हारे घर में पानी तो था नहीं।"

"पर पी लिया।"

"तुमने कपड़े पहने?"

"जी पहने।"

"लेकिन तुम तो नंगे हो।"

"तुमने इलाज कराया?"

"करा लिया।"

"लेकिन तुम तो बीमार दिखाई दे रहे हो अब्दुल शकूर।"

"आप भी कमाल करते हैं—मैं बहुत ख़ुश हूँ—लकड़ी का आदमी हूँ न।"

10

(अब्दुल शकूर का जैसा अन्त हुआ वैसा काश हम सब का हो। आमीन।)

अब्दुल शकूर मस्जिद में नमाज़ पढ़ने गया। वह नमाज़ पढ़ने खड़ा होने ही वाला था कि मस्जिद की एक भारी मीनार टूट कर उसके ऊपर गिरी और अब्दुल शकूर उसके नीचे कुचल कर मर गया।

मरने के बाद उसका पोस्टमार्टम किया गया है। रिपोर्ट यह आई कि मरने से पहले वह हँस रहा था।

दलित के द्वारे

नेताजी दलित के घर भोजन करने गए। उनकी एक करोड़ की कार दलित के घर के सामने रुक गई और फिर उनकी गाड़ी के पीछे जो 50-50 लाख की गाड़ियाँ थीं वे भी रुक गईं। दलित घर के बाहर खड़ा था। उसके पैर काँप रहे थे। उसका दिल धड़क रहा था। उसकी गर्दन झुकी हुई थी। जनता नेताजी की जय-जयकार कर रही थी। नेताजी ने हाथ जोड़कर दलित को नमस्कार किया और आगे बढ़कर दलित के गले में फूलों की एक भारी माला डाल दी। इस भारी माला से दलित का सिर और झुक गया।

दलित नेताजी को लेकर घर के अन्दर आया। खाना लगा हुआ था। नेताजी और दलित खाना खाने बैठ गए। दलित ने इतना अच्छा खाना कभी नहीं खाया था। खाना शुरू होते ही पत्रकार और मीडिया के लोग अन्दर आ गए। कैमरे चलने लगे और रिकॉर्डिंग होने लगी। फ्लैश चमकने लगे। पत्रकार और मीडिया के लोग भी खाने पर टूट पड़े। दलित को लगा कहीं खाना कम न पड़ जाए। पर खाना कम नहीं पड़ा।

खाने के बाद पत्रकारों ने नेताजी से कुछ मज़ेदार सवाल पूछे। नेताजी ने मज़ा ले-लेकर मज़ेदार सवालों का मज़ेदार जवाब दिया। दलित से भी कुछ पूछा गया। लेकिन वह जवाब न दे सका क्योंकि उसका पेट गले तक भरा था और आवाज़ नहीं निकल रही थी। पत्रकार उसे छोड़कर फिर नेताजी के पास आ गए और नेताजी ने फिर मज़ेदार बातें शुरू कर दीं।

नेताजी के जाने के बाद दलित पिघलने लगा। वह बर्फ़ की तरह गलने लगा। धीरे-धीरे बहने लगा। फिर वह ग़ायब हो गया। अब दलित केवल उस फोटो में था जो नेताजी के साथ खींची गई थीं।

शाह आलम कैम्प की रूहें

1

शाह आलम कैम्प में एक दिन तो किसी न किसी तरह गुज़र जाता है लेकिन रातें क़यामत की होती हैं, ऐसा नफ़्सा-नफ़्सी का आलम होता है कि अल्लाह बचाए। इतनी आवाज़ें होती हैं कि कान पड़ी आवाज़ नहीं सुनाई देती। चीख-पुकार, शोर-गुल, रोना-चिल्लाना, आहें-सिसकियाँ।

रात के वक़्त रूहें अपने बाल-बच्चों से मिलने आती हैं। रूहें अपने यतीम बच्चों के सिरों पर हाथ फेरती हैं। उनकी सूनी आँखों में अपनी सूनी आँखें डालकर कुछ कहती हैं। बच्चों को सीने से लगा लेती हैं। ज़िन्दा जलाए जाने से पहले जो उनकी जिगरसोज़ चीख़ें निकली थीं वे पृष्ठभूमि में गूँजती रहती हैं।

सारा कैम्प जब सो जाता है तो बच्चे जागते हैं। उन्हें इन्तज़ार रहता है अपनी माँ को देखने का—अब्बा के साथ खाना खाने का।

"कैसे हो सिराज?" अम्माँ की रूह ने सिराज के सिर पर हाथ फेरते हुए कहा।

"तुम कैसी हो अम्माँ।"

माँ ख़ुश नज़र आ रही थी। बोली, "सिराज, अब मैं रूह हूँ—अब मुझे कोई जला नहीं सकता।"

"अम्माँ—क्या मैं भी तुम्हारी तरह हो सकता हूँ?"

2

शाह आलम कैम्प में आधी रात के बाद एक औरत की घबराई, बौखलाई रूह पहुँची जो अपने बच्चे को तलाश कर रही थी। उसका बच्चा न उस दुनिया में था न वह कैम्प में था। बच्चे की माँ का कलेजा फटा जाता था। दूसरी औरतों की रूहें भी इस औरत के साथ बच्चे को तलाश करने लगीं। उन सबने मिल कर कैम्प छान मारा—मोहल्ले गईं—घर धूँ-धूँ करके जल रहे थे। चूँकि वे रूहें थीं इसलिए जलते हुए मकानों के अन्दर घुस गईं—कोना-कोना छान मारा लेकिन बच्चा न मिला।

आख़िर सभी औरतों की रूहें दंगाइयों के पास गईं। वे कल के लिए पेट्रोल बम बना रहे थे। बन्दूकें साफ़ कर रहे थे। हथियार चमका रहे थे।

बच्चे की माँ ने उनसे अपने बच्चे के बारे में पूछा तो वे हँसने लगे और बोले, "अरे पगली औरत, जब दस-दस, बीस-बीस लोगों को एक साथ जलाया जाता है तो एक बच्चे का हिसाब कौन रखता है? पड़ा होगा किसी राख के ढेर में।"

माँ ने कहा, "नहीं, नहीं, मैंने हर जगह देख लिया है—कहीं नहीं मिला।"

तब किसी दंगाई ने कहा, "अरे ये उस बच्चे की माँ तो नहीं है जिसे हम त्रिशूल पर टाँग आए हैं?"

3

शाह आलम कैम्प में आधी रात के बाद रूहें आती हैं। रूहें अपने बच्चों के लिए स्वर्ग से खाना लाती हैं, पानी भी लाती हैं, दवाएँ लाती हैं और बच्चों को देती हैं। यही वजह है कि शाह आलम कैम्प में न तो कोई बच्चा नंगा-भूखा रहता है और न बीमार। यही वजह है कि शाह आलम कैम्प बहुत मशहूर हो गया है। दूर-दूर मुल्कों में उसका नाम है।

दिल्ली से एक बड़े नेता जब शाह आलम कैम्प के दौरे पर गए तो बहुत ख़ुश हो गए और बोले, "ये तो बहुत बढ़िया जगह है—यहाँ तो देश के सभी मुसलमान बच्चों को पहुँचा देना चाहिए।"

4

शाह आलम कैम्प में आधी रात के बाद रूहें आती हैं। रात भर बच्चों के साथ रहती हैं। उन्हें निहारती हैं—उनके भविष्य के बारे में सोचती हैं। उनसे बातचीत करती हैं।

"सिराज अब तुम घर चले जाओ।" माँ की रूह ने सिराज से कहा।

"घर?" सिराज सहम गया। उसके चेहरे पर मौत की परछाइयाँ नाचने लगीं।

"हाँ, यहाँ कब तक रहोगे? मैं रोज़ रात में तुम्हारी पास आया करूँगी।"

"नहीं, मैं घर नहीं जाऊँगा—कभी नहीं—कभी—" धुआँ, आग, चीखें, शोर।

"अम्माँ, मैं तुम्हारे और अब्बू के साथ रहूँगा।"

"तुम हमारे साथ कैसे रह सकते हो सिक्कू?"

"भाईजान और आपा भी तो रहते हैं न तुम्हारे साथ?"

"उन्हें भी तो हम लोगों के साथ जला दिया गया था न।"

"तब—तब तो मैं—घर चला जाऊँगा अम्माँ।"

5

शाह आलम कैम्प में आधी रात के बाद एक बच्चे की रूह आती है—बच्चा रात में चमकते हुए जुगनू जैसा लगता है—इधर-उधर उड़ता फिरता है—पूरे कैम्प में दौड़ा-दौड़ा फिरता है—उछलता-कूदता है—शरारतें करता है—तुतलाता नहीं—साफ़-साफ़ बोलता है—माँ के कपड़ों से लिपटा रहता है—बाप की उँगली पकड़े रहता है।

शाह आलम कैम्प के दूसरे बच्चे से अलग यह बच्चा बहुत ख़ुश रहता है।

"तुम इतने ख़ुश क्यों रहते हो बच्चे?"

"तुम्हें नहीं मालूम—ये तो सब जानते हैं।"

"क्या?"

"यही कि मैं सुबूत हूँ।"

"सुबूत? किसका सुबूत?"

"बहादुरी का सुबूत है।"

"किसकी बहादुरी का सुबूत हो?"

"उनकी जिन्होंने मेरी माँ का पेट फाड़कर मुझे निकाला था और मेरे दो टुकड़े कर दिए थे।"

6

शाह आलम कैम्प में आधी रात के बाद रूहें आती हैं। एक लड़के के पास उसकी माँ की रूह आई। लड़का देखकर हैरान हो गया।

"माँ तुम आज इतनी ख़ुश क्यों हो?"

"सिराज मैं आज जन्नत में तुम्हारे दादा से मिली थी। उन्होंने मुझे अपने अब्बा से मिलवाया—उन्होंने अपने दादा—सगड़ दादा से—तुम्हारे नाड़ दादा से मैं मिली। माँ की आवाज़ में ख़ुशी फूटी पड़ रही थी।

"सिराज तुम्हारे नगड़ दादा हिन्दू थे—हिन्दू—समझे? सिराज ये बात सबको बता देना—समझे?"

7

शाह आलम कैम्प में आधी रात के बाद रूहें आती हैं। एक बहन की रूह आई। रूह अपने भाई को तलाश कर रही थी। तलाश करते-करते रूह को उसका भाई सीढ़ियों पर बैठा दिखाई दे गया। बहन की रूह ख़ुश हो गई। वह झपटकर भाई के पास पहुँची और बोली, "भइया।" भाई ने सुनकर भी अनसुना कर दिया। वह पत्थर की मूर्ति की तरह बैठा रहा।

बहन ने फिर कहा, "सुनो भइया।"

भाई ने फिर नहीं सुना। न बहन की तरफ़ देखा।

"तुम मेरी बात क्यों नहीं सुन रहे भइया?" बहन ने ज़ोर से कहा और भाई का चेहरा आग की तरह सुर्ख़ हो गया। उसकी आँखें उबलने लगीं—वह झपटकर उठा और बहन को बुरी तरह पीटने लगा—लोग जमा हो गए। किसी ने लड़की से पूछा कि उसने ऐसा क्या कह दिया था कि भाई उसे पीटने लगा—बहन ने कहा, "मैंने तो सिर्फ़ इन्हें भइया कहकर पुकारा था।" एक बुज़ुर्ग बोला, "नहीं सलीमा नहीं; तुमने इतनी बड़ी ग़लती क्यों की।" बुज़ुर्ग फूट-फूटकर रोने लगा और भाई अपना सिर दीवार पर पटकने लगा।

8

शाह आलम कैम्प में आधी रात के बाद रूहें आती हैं। एक दिन दूसरी रूहों के साथ एक बूढ़े की रूह भी शाह आलम कैम्प आ गई। बूढ़ा नंगे बदन था, ऊँची धोती बाँधे था, पैरों में चप्पल थी और हाथ में एक बाँस का डंडा था। धोती में उसने कहीं घड़ी खोंसी हुई थी।

रूहों ने बूढ़े से पूछा, "क्या तुम्हारा भी कोई रिश्तेदार कैम्प में है?"

बूढ़े ने कहा, "नहीं और हाँ।"

रूहों ने बूढ़े को पागल रूह समझकर छोड़ दिया और वह कैम्प का चक्कर लगाने लगा।

किसी ने बूढ़े से पूछा, "बाबा, तुम किसे तलाश कर रहे हो?"

बूढ़े ने कहा, "ऐसे लोगों को जो मेरी हत्या कर सकें।"

"क्यों?"

"मुझे आज से पचास साल पहले गोली मारकर मार डाला गया था। अब मैं चाहता हूँ कि दंगाई मुझे ज़िन्दा जलाकर मार डालें।"

"तुम ये क्यों करना चाहते हो बाबा?"

"सिर्फ़ ये बताने के लिए कि न उनके गोली मारकर मारने से मैं मरा था और न उनके ज़िन्दा जला देने से मरूँगा।"

9

शाह आलम कैम्प में एक रूह से किसी नेता ने पूछा—

"तुम्हारे माँ-बाप हैं?"

"मार दिया सबको।"

"भाई-बहन?"

"नहीं हैं।"

"कोई है?"

"नहीं।"

"यहाँ आराम से हो?"

"हाँ हैं।"

"खाना-वाना मिलता है।"

"हाँ, मिलता है।"

"कपड़े-वपड़े हैं?"

"हाँ, हैं।"

"कुछ चाहिए तो नहीं?"

"कुछ नहीं।"

"कुछ नहीं?"

"कुछ नहीं।"

नेताजी ख़ुश हो गए। सोचा, लड़का समझदार है। मुसलमानों जैसा नहीं है।

10

शाह आलम कैम्प में आधी रात के बाद रूहें आती हैं। एक दिन रूहों के साथ शैतान की रूह भी चली आई। इधर-उधर देखकर शैतान बड़ा शरमाया और झेंपा। लोगों से आँखें नहीं मिला पा रहा था। कन्नी काटता था। रास्ता बदल लेता था। गर्दन झुकाए तेजी से उधर मुड़ जाता था जिधर लोग नहीं होते थे। आख़िरकार लोगों ने उसे पकड़ ही लिया। वह

वास्तव में लज्जित होकर बोला—अब ये जो कुछ हुआ है—इसमें मेरा कोई हाथ नहीं है—अल्लाह कसम मेरा हाथ नहीं है।"

लोगों ने कहा, "हाँ-हाँ, हम जानते हैं। आप ऐसा कर ही नहीं सकते। आपका भी आख़िर एक स्टैंडर्ड है।"

शैतान ठंडी साँस लेकर बोला, "चलो दिल से एक बोझ उतर गया—आप लोग सच्चाई जानते हैं।"

लोगों ने कहा, "कुछ दिन पहले अल्लाह मियाँ भी आए थे और यही कह रहे थे।"

किरच-किरच लड़की

दो प्रेमी / दोनों युवा / दोनों सुन्दर / दोनों पढ़े-लिखे / दोनों बेकार / दोनों दिल्ली में।

दो दीवाने शहर में आबो-दाना ढूँढ़ते हैं।
आशियाना ढूँढ़ते हैं।

नहीं / ये दीवाने सिर्फ़ नौकरी ढूँढ़ते हैं क्योंकि उसके मिलने के बाद आबो-दाना और आशियाना मिल ही जाएगा। लता और राहुल दो नाम नहीं है। लता, लता श्रीवास्तव है। इलाहाबाद से साल भर पहले दिल्ली आई थी। साथ में माँ है और पिताजी यानी बाबूजी की पेंशन है जिसके सहारे एम.बी.ए. की हुई लता नौकरी तलाश कर रही है। वह नहीं मिल रही है तो एक सहारा है राहुल। राहुल लखनऊ से आया है। राहुल सिंह / सिविल इंजीनियरिंग की है। लखनऊ में परिवार है। दिल्ली में प्रेम है—लता है।

लता पाँच पराँठे बनाकर लाती है। अचार माँ ने डाला है। दोनों नौकरियों क्रे इंटरव्यू देते-देते थक कर लोदी गार्डेन को अपनी व्यथा कथा सुनाते हैं। राहुल दो पराँठे खाता है। लता एक खाती है। दोनों आई.आई. सी. में आकर ठंडा पानी पीते हैं। शीशे के पीछे वाली दुनिया को देखते हैं।

राहुल पानी में कंकरियाँ फेंकता है। लता उसे देखती है। राहुल का चेहरा उसे अपनी हथेली जैसा लगता है। बिलकुल अपना। वह एकटक राहुल को देखती रहती है। राहुल मुड़कर उसे चूम लेता है। वह दो पराँठे राहुल के थैले में डाल देती है। रात में क्या खाएगा।

राहुल कहता है, "सुनो—" और फिर बहुत देर तक कुछ नहीं बोलता।

काफी देर बाद लता कहती हैं, "सुन लिया।"

दोनों एक-दूसरे के मन में छोटी-छोटी कंकरियाँ फेंकते रहते हैं।

"हम दोनों पक्षी होते।"

"क्यों, हम दोनों बादल होते?"

"क्यों, हम दोनों पुल होते।"

"कौन-सा पुल?"

"वही जिसकी परछाईं नीचे पानी में पड़ रही है।"

"यह पुल टेढ़ा है।"

"सभी पुल टेढ़े होते हैं।"

"अपनी चप्पल दिखाओ।"

"क्यों? क्या अपने सिर पर मारोगे?"

"नहीं—तुम्हारे सिर पर।"

"लो—।"

"आधा तला ग़ायब है।"

"आधी-आधी बहुत-सी चीज़ें ग़ायब हैं।"

"तुम्हारे पैर नहीं जलते?"

"तुमसे सीखा है।"

"क्या?"

"'हाँ' को 'ना' कहना।"

"ठीक है—चलो सपना देखते हैं।"

"पापा को जो 'रिटायरमेंट बेनिफिट्स' के आठ लाख रुपए मिले थे उनसे मैंने एम.बी.ए. किया था।"

"यह बात तुम पहले भी बता चुकी हो।"

"रोज़ बताना चाहती हूँ।"

"क्यों?"

"उन पैसों पर अम्मा का हक था।"

"हमारा हक एक नौकरी पर भी नहीं है?"

"क्यों नहीं—सपना देखो।"

"यार—मैं किसी बात से परेशान हूँ।"

"किससे?"

"बताओ।"
"देखो आधा दिन कट गया।"
"'स्मार्ट कार्ड' में पैसे हैं?"
"हाँ हैं।"
"दिखाओ?"
"देखकर कैसे बताओगे?"
"मैट्रो स्टेशन पर चेक करूँगा।"
"क्यों?"
"नहीं तो तुम फिर पैदल—।"
"वॉकिंग इज़ गुड फॉर हेल्थ।"
"झूठ बोलना इज वेरी गुड फॉर हेल्थ।"
"यार बड़े-बड़े लोगों की बातों में तुम अपनी टुच्ची बात न जोड़ा करो।"
"ठीक है।"
"मैं कल सेठी के पास जाऊँगी।"
"वही सेठी।"
"हाँ वही सेठी।"
"वह वही बात करेगा।"
"मैं भी वही बात करूँगी।"
"तो जाने से क्या होगा?"
"तो न जाने से क्या होगा?"
"सेठी जी मुझे नौकरी चाहिए।"

सेठी ने उसे ऊपर से नीचे तक देखा। एक ही नज़र में उसने पूरी पैमाइश कर डाली। पहले भी कर चुका था।

"तुम्हारे लिए किसी चीज़ की कोई कमी नहीं है। मैं पहले भी कह चुका हूँ।" सेठी ने अर्थपूर्ण और गन्दी मुस्कराहट जोड़ दी। 'इंटरनेशनल फैशन वर्ल्ड एंड एक्सपोर्ट' का मालिक जगन सेठी। बीस करोड़ का 'टर्न ओवर'। सौ लोगों का स्टाफ। आठ फैक्ट्रियाँ।

"नौकरी," वह बोली।

"कोई नौकरी नहीं है—मेरा ऑर्डर ही सुनना चाहती हो—मुझे ऑर्डर

नहीं देना चाहतीं?" वह हँसा। तम्बाकू की गन्ध दूर तक फैल गई।

"काम।"

"क्या काम?"

"ये शो विंडो है न—जहाँ आपकी नई 'ड्रेसेज़' पहने 'डमी मॉडल' खड़ी है—वहाँ मैं भी खड़ी हो सकती हूँ।"

"डमी मॉडल बनोगी?"

"हाँ।"

"हीरा अपनी पहचान नहीं जानता।" वह बुदबुदाया।

अगले दिन से लता शो विंडो में खड़ी होने लगी। दूसरे 'डमी मॉडल्स' के साथ खड़ा होना उसे अच्छा लगता था क्योंकि देखनेवाले उसे भी 'डमी' समझते थे।

"सुनो, मुझे नौकरी मिल गई है।" वह फ़ोन में धीरे से फुसफुसाई।

"ओ नो!" राहुल की ख़ुशी में डूबी आवाज़।

"ओ यस—।"

"कहाँ यार?"

"सेठी के यहाँ।"

"मतलब—?"

"मतलब नौकरी है—अपने को बेचा नहीं है।"

"थैंक गॉड।"

"क्यों?"

"बेच भी डालतीं तो मैं क्या कर सकता था।"

"शिट।"

"किस सेक्शन में हो?"

"शोरूम में—आते ही देख लेना।"

"आते ही देख लेना—मतलब?"

"आओ तो।"

"ठीक है।"

लता दिन भर शो विंडो में खड़ी रहती थी। शाम होते राहुल आता था।

उसके साथ वह चाय पीती थी और घर चली जाती थी।

"तुम्हें अच्छा लगता है?"

"बहुत—मैं तो चाहती हूँ—वही खड़ी रहूँ।"

"मतलब?"

"मैं उनसे बातें करती हूँ।"

"किससे?"

"जो वहाँ—दूसरी 'डमी' खड़ी रहती हैं।"

"क्या मतलब?"

"हाँ—वे मेरी बात का जवाब देती हैं।"

"क्या मतलब?"

"हम मिलकर हँसती है।"

"क्या मतलब?"

"हम लंच साथ-साथ करती हैं।"

"नहीं लता नहीं—प्लीज़।"

कुछ दिनों बाद लता ने शो विंडो से निकलना ही बन्द कर दिया। राहुल उससे मिलने जाता था तो 'हाँ', 'नहीं' में बात कर लेती थी। फिर लता ने बोलना ही बन्द कर दिया। वह दिन-रात खड़ी रहती थी। कभी-कभी राहुल को देखकर हलके से मुस्करा देती थी। फिर उसने मुस्कराना भी छोड़ दिया था। अब वह पलकें भी नहीं झपकाती थी। धीरे-धीरे उसने साँस लेना भी बन्द कर दिया था।

एक दिन गुस्से में राहुल शो रूम में आया और सेठी से बोला, "ये मेरी प्रेमिका है—इसे शो केस से बाहर निकालो।"

सेठी ने कहा, "तुम ही निकाल लो।"

राहुल शो केस के अन्दर घुसा। लता कों उसने उठाना चाहा तो लता शीशे के नाज़ुक गुलदान की तरह टूट गई। किरचें दूर-दूर तक बिखर गईं।

भगदड़ में मौत

1

भगदड़ में मरनेवालों के परिवारजनों को पचास-पचास लाख आर्थिक मदद के रूप में दिए जाने का फ़ैसला किया गया। जिनके परिवार से कोई भगदड़ में नहीं मरा है वे अपने घर के बड़े-बूढ़ों को गालियाँ देने लगे कि वे कितने नीच और विधर्मी हो गए हैं कि 'दर्शन' करने भी नहीं जा सके।

"चिन्ता न करो बेटा अगले साल चला जाऊँगा।" अस्सी साल के बूढ़े ने अपने बेटे से कहा।

"कहाँ चले जाओगे?" पुत्र ने पूछा।

"दर्शन करने।"

"कहीं भगवान के दर्शन करने न चले जाना—उसमें ख़र्चा ही ख़र्चा है—मिलता कुछ नहीं।"

2

लाशें धर्म के आधार पर बाँट दी गईं। हिन्दू लाशें, मुस्लिम लाशें, सिख लाशें और ईसाई लाशें अलग-अलग लाइनों में लगा दी गईं। आर्थिक मदद देनेवालों ने तय किया केवल 'श्रद्धालुओं' को ही आर्थिक मदद दी जाएगी। तमाशा देखनेवालों को नहीं।

3

आर्थिक मदद देने के लिए बड़ी अच्छी व्यवस्था की गई। यह वैसी ही व्यवस्था है जैसी चुनाव के समय सहयोग राशि के लिए की जाती है। मतलब हाथ के हाथ सहायता राशि दी जा रही है। नकद चमकती हुई गड्डियाँ।

सहायता राशि बँट ही रही थी कि कमाल हो गया। लाशें घरों से आने लगीं।

जब पूछा गया कि लाशें घरों से कैसे आ रही हैं तो बताया गया कि " 'ये' मरे यहीं थे—पर जाने कैसे उठकर घर आ गए थे।"

4

सांत्वना सन्देश लिखनेवालों की माँग वैसे ही देश में बहुत बढ़ी हुई है पर इस घटना के बाद तो माँग में ऐसा उछाल आया कि सोना भी मुँह के बल गिर गया।

इतने सांत्वना सन्देश लिखे और छपे कि देश में काग़ज़ ही न बचा।

संविधान तक नहीं छप सका।

5

आर्थिक मदद क्यों दी जा रही है यह बताना भी ज़रूरी नहीं समझा गया। लेनेवालों ने पूछा भी नहीं कि राशि क्यों दी जा रही है। लेनेवाले जानते थे कि राशि देनेवालों ने कुछ माँगा तो केवल 'वोट' माँगेंगे जिसकी कोई 'वैल्यू' नहीं है।

6

जिन क्षेत्रों में दुर्घटना नहीं हुई थी वहाँ बड़ा असन्तोष फैल गया। पब्लिक सड़क पर उतर आई। दुकानें लूट लीं। बसों में आग लगा दी। ट्रेन की

पटरियाँ उखाड़ लीं। सरकारी दफ़्तर जला दिए। पुलिस को गोली चलाने की अनुमति नहीं दी गई थी क्योंकि उससे कितने लोग मरते? आन्दोलन ने जब विकराल रूप ले लिया तो तय पाया कि क्षेत्र में जितने पुल हैं उनकी मरम्मत नहीं की जाएगी। जितनी पुरानी इमारतें हैं वे तोड़ी नहीं जाएँगी। जितने 'वायरस' हैं उनको पूरी और पनपने की जगह दी जाएगी। जितनी नई इमारतें बनेंगी उनमें ऐसी व्यवस्था की जाएगी कि लोगों को आर्थिक मदद राशि दी जा सके। जनहित में इतने निर्णय लेने के बाद तब कहीं आन्दोलन शान्त हुआ।

7

मरनेवालों के बाद घायलों को आर्थिक मदद की राशि दिए जाने का समय आया। बड़ी संख्या में घायल मोहल्लों से निकलने लगे। कुछ को यह लगा कि इतने घायल हैं कि सबको सहायता राशि न मिल सकेगी। जो पहले पहुँच जाएगा उसे ही मिलेगी। अब तो घायलों में 'रेस' शुरू हो गई। फिर छीना-झपटी शुरू हो गई। फिर आगे निकलने के लिए मार-पीट शुरू हो गई। फिर चाकू और पिस्तौल निकल आए।

घायल धड़ाके से लड़ रहे थे। वे जानते थे मर गए तो शहीद, नहीं तो जन्नत मिलेगी।

8

भगदड़ वाले जनपद के डी.एम. का ट्रांसफर कर दिया गया। डी.एम. ने पत्रकारों को बताया कि यह कोई नई बात नहीं है। पिछले साल भी आपदा में लोग मरे थे और डी.एम. का तबादला कर दिया गया। उससे पहले और उससे पहले और उससे पहले भी यही हुआ था। यह तो हर साल होता है। आपदा न हो तो सहायता राशि वापस चली जाए और जनता का बहुत नुक़सान हो जाए। विकास के आँकड़ों पर भी प्रभाव पड़े।

9

लाशें दूर-दूर तक बह गई थीं। उन्हें लाना सब के बस की बात न थी। इसलिए अच्छे लोगों ने एक कम्पनी बना दी थी जो दूर-दूर से लाशें ले आने का काम करती थी। जल्दी ही कम्पनी इतनी बड़ी हो गई कि उसमें एफ़.डी.आई. के तहत करोड़ों डॉलर का निवेश हो गया। शानदार आफ़िस में एम.बी.ए. पास विदेशी युवक 'मैनेजमेंट' देखने लगे। हाँ 'फील्ड' में वे स्थानीय युवक ही रखे गए जो उतनी लाशें ले आते थे जितनी कही जाती थीं।

10

एक औरत की लाश के साथ बड़ा अजीब हुआ। कई लोग आए और कहने लगे कि यह हमारी माता जी की लाश है। हमें सहायता राशि दी जाए। अगले दिन कुछ और लोग आ गए और यही कहने लगे। फिर तो हर रोज़ लोग आने लगे और यही दावा करने लगे कि यह औरत उनकी माँ है। धीरे-धीरे यह संख्या हज़ारों, लाखों, करोड़ों तक पहुँच गई। आर्थिक मदद देनेवाले परेशान हो गए कि एक औरत करोड़ों लोगों की माँ कैसे हो सकती है।

किसी ने अँधेरे में तीर चलाया और कहा, "कहीं ये भारत माता तो नहीं है।"

तमाशे में डूबा देश

मैं पहले कहानियाँ लिखा करता था। अब मैंने कहानियाँ लिखना छोड़ दिया है क्योंकि कहानी लिखने से कोई बात नहीं बनती। झूठे-सच्चे पात्र गढ़ना, इधर-उधर की घटनाओं को समेटना, चटपटे संवाद लिखना, अपनी पढ़ी हुई किताबों की जानकारियों और अपने ज्ञान को कहानी में उलट देने से क्या होता है? मैं अपने दूसरे कहानीकार मित्रों को सलाह देता हूँ कि वे कहानी-वहानी लिखने का काम छोड़ दें। हमारे इस देश में जहाँ रोज़, हर पल, हर जगह कहानी से ज़्यादा निर्मम घट रहा हो वहाँ कहानी लिखना बेकार की बात है। अपने चारों तरफ़ निगाह उठाकर देखिए, आपको बिखरी पड़ी कहानियाँ देखकर अपने कहानीकार होने पर शर्म आएगी जो मुझे आ चुकी है और मैंने कहानियाँ लिखना बन्द कर दिया है, लेकिन चूँकि लिखने की आदत पड़ चुकी है और लिखे बिना चैन भी नहीं आता इसलिए सोचा है मैं कहानियाँ न लिखकर 'वाक़िया' लिखा करूँगा। 'वाक़िया' उर्दू का शब्द है जिसका मतलब 'घटना' निकाला जा सकता है, लेकिन शायद यह बात पूरी बनेगी नहीं। 'वाक़िया' किसी ऐसी सच्ची घटना का विवरण कहा जा सकता है जो रोचक, नाटकीय और मनोरंजक हो। केवल घटनामात्र न हो। अगर मैं आपको सिर्फ़ घटनाएँ सुनाने लगूँगा तो उसमें कुछ मज़ा न आएगा और आप मुझे बेवकूफ़ और मूर्ख समझकर पढ़ना बन्द कर देंगे। हो सकता है यह काम आप 'वाक़िया' सुनने के बाद भी करें लेकिन मुझे अब भी उम्मीद है कि और कुछ करें या न करें 'वाक़िये' को सुन लेंगे। यह सच्चा वाक़िया है। बहरहाल सच्चाई तो वैसे भी सामने आ जाएगी। मेरे कहने से न सच झूठ हो सकता है और न झूठ सच हो जाएगा।

हमारे ही देश के एक शहर में एक आदमी ग़ायब हो गया और दो कुत्ते के पिल्ले ग़ायब हो गए। मैं शहर का नाम नहीं बताऊँगा क्योंकि वाक़ियानिगार होने का यह मतलब नहीं है कि मैं लोगों का दिल दुखाऊँ और अपना जीवन हराम कर लूँ। आप जानते ही हैं कि आज हमारे अहिंसक देश में हर तरह की हिंसा तरक़्क़ी पर है। पहले जो बात तू-तू-तू, मैं-मैं पर ख़त्म हो जाती थी वह अब हत्या का कारण बन जाती है। अब तो हत्यारों का सम्मान होता है। मैं जिस इलाके का रहनेवाला हूँ वहाँ जिसने जितनी हत्याएँ की होती हैं उसका उतना ही सम्मान होता है। यही कारण है कि आज तक मेरे इलाके में मेरा सम्मान नहीं हो सका है क्योंकि मैं मक्खी मारने लायक भी नहीं हूँ। सम्मान के मानदंड बदल गए हैं। इसे साबित करने के लिए मिसाल के लिए एक और वाक़िया भी है। विधानसभा के चुनाव हो जाने के बाद कुछ नेतागण विधायक कैंटीन में बैठे बातचीत कर रहे थे और सब एक-दूसरे से पूछ रहे थे कि आप कहाँ से 'कंटेस्ट' करने की बात कर रहे थे? सबने बताया कि उन्होंने कहाँ-कहाँ से 'कंटेस्ट' किया है। एक आदमी से पूछा गया तो उसने कहा कि मैंने कहीं से 'कंटेस्ट' नहीं किया है। सब उसे देखकर हैरत में पड़ गए और कहा, जाइए जाकर काउंटर से छह चाय ले आइए।

अब बात लोकतंत्र की शुरू हो गई तो एक वाक़िया और सुनते चलिए। विधानसभा के सामने किसी मुद्दे पर अनिश्चितकालीन अनशन जारी था। किसी सामाजिक सरोकार के मुद्दे पर किसी संस्था की ओर से प्रतिदिन एक आदमी अनशन पर बैठता था। मैं उधर से गुज़र रहा था। मैंने देखा कि अनशन पर बैठा आदमी तो पम्मी शर्मा है। मैं उसे जानता हूँ। वह उभरता हुआ नेता है और उसने अपने लिए सभी पार्टियों के दरवाज़े खुले रखे हैं। मैंने सोचा क्यों न पम्मी शर्मा से मिल लूँ, ऐसी कठिन घड़ी में मेरे दो शब्द उसे ताक़त देंगे और फिर पम्मी से कोई काम पड़ा तो उसे याद रहेगा कि मैंने कठिन क्षणों में उससे कुछ अच्छे शब्द कहे थे। ग़रज़ यह कि मैं उसके पास गया। वह मुझे देखकर इतना ख़ुश हो गया जितना पहले न होता था। उसने बताया कि अनशन चालीस दिन

से चल रहा है। मुझे अपने देश के विकसित लोकतंत्र पर गर्व हुआ। मैंने उसकी तारीफ़ की। उसने कहा, "यार एक दिन के लिए तुम भी अनशन पर बैठ जाओ।"

मैं पहले तो चौंका, कुछ घबराया पर उसने कहा, "यार एक दिन की तो बात है, सुबह बैठोगे—शाम को ख़त्म हो जाएगा।"

मैं तैयार हो गया। सोचा ठीक है यार देश की लोकतांत्रिक ताक़तों को मजबूत करने के लिए इतना तो करना चाहिए।

मैं अगले दिन सुबह ही सुबह वहाँ पहुँच गया। वहाँ सात-आठ लोग चाय पी रहे थे। पम्मी शर्मा भी था। उसने मुझे गद्दी पर बैठाया। गले में गेंदे के फूलों की माला डाली। तिलक लगाया। मेरा अनशन जारी हो गया। मैं अपनी आत्मा को उत्फुल्ल महसूस करने लगा। थोड़ी देर में पम्मी मेरे पास आया और बोला, "किसी आदमी का इन्तज़ाम कर लेना।"

मैं हैरत से उसकी तरफ़ देखने लगा। वह समझ गया था कि मैं अभी तक नहीं समझ पाया हूँ।

वह बोला, "जो अनशन से हटेगा—उसे टेंटवाले का, चायवाले का, जूसवाले का, माली का 'पेमेंट' करना होगा।"

मेरे तो पैरों तले से ज़मीन निकल गई। मैंने गिड़गिड़ाते हुए कहा, "यार उस संगठन के लोग कहाँ हैं जिन्होंने अनशन कराया है?"

उसने कहा, "वे तो सब अपने घर चले गए हैं—तुम्हें कुछ नहीं करना बस एक आदमी का इन्तज़ाम कर लो—और सुनो—" वह जाने से पहले बोला, "शाम को जूसवाले से जूस मँगा लेना, उसके यहाँ भी हिसाब चल रहा है।" पम्मी चला गया।

पम्मी ने अपनी टोपी मेरे सिर में फिट कर दी थी। मैं अब समझा कि यही है। हमारा लोकतंत्र। अब मेरे साथ क्या हुआ यह मैं आपको नहीं बताऊँगा, बस यह समझ लीजिए कि अब मैं उस शहर नहीं जाता जहाँ अनशन पर बैठा था। क्योंकि टेंटवाला, चायवाला, जूसवाला, माली सब मुझे तलाश कर रहे हैं। पम्मी से मैंने जब यह बताया था कि यार टेंटवाले, चायवाले वगैरा मुझे खोज रहे हैं तो वह लापरवाही से बोला था, "खोजने दो सालों को, इस देश में यही हो रहा है। किसी न किसी

को कोई खोज रहा है और किसी को कोई नहीं मिलता। तुम आराम से अपने लिखने-पढ़ने के काम में लग जाओ।"

मैं पम्मी की सलाह पर लिखने-पढ़ने के काम में लग गया हूँ, तब ही यह वाक़िया लिख रहा हूँ।

माफ़ कीजिएगा मैंने बात शुरू की थी, एक शहर में एक आदमी और कुत्ते के पिल्ले के ग़ायब होने से लेकिन होते-हुआते मैं देश के लोकतंत्र पर आ गया। दरअसल वाक़ियानिगारों की यही कमी होती है, वो बात शुरू तो कर देते हैं पर जानते नहीं कि बात कहाँ पहुँचेगी।

तो जनाब एक शहर में एक आदमी ग़ायब हो गया। उसकी पत्नी पता चलाने पुलिस के पास गई तो पुलिस ने कहा कि अभी तक कोई सिरकटी लाश नहीं मिली है, जैसे ही मिलेगी उसे बता दिया जाएगा। आदमी की पत्नी यह सुनकर डर गई। पुलिस ने कहा, "इस देश में मौत से डरोगी तो रह नहीं सकतीं, हम लोग मौत से नहीं डरते। आत्मा पर हमारा विश्वास है। मौतें तो इस देश में ऐसे आती हैं जैसे दूसरे देशों में बहार आती है। देखो दस-पाँच हज़ार औरतें तो जला दी जाती हैं, दस-बीस हज़ार सड़कों पर कुचल कर मर जाती हैं, पता नहीं कितने दंगों में मार दिए जाते हैं, अकाल और बाढ़ की तो पूछो ही मत। नौकरी पाने के इच्छुक गोली खाकर मर जाते हैं। आतंकवादी हज़ारों को मार डालते हैं तो देश क्या है बूचड़खना है। अब काजल की कोठरी में रहकर काला होने से क्या डरना—शुक्र कर तेरे आदमी की अभी लाश नहीं मिली है। हो सकता है अपहरण हो गया हो। फ़िरौती के लिए चिट्ठी या फ़ोन आए।"

औरत बोली, "दरोगा जी हमारे पास क्या है जो कोई फ़िरौती के लिए अगवा करेगा? दो टाइम खाने को नहीं जुटता।"

"तब तो अपहरण की ट्रेनिंग लेनेवालों ने अभ्यास के तौर पर तेरे पति का अपहरण कर लिया होगा।"

"ये क्या होता है दरोगा जी?"

"देख, देश में बहुत से प्राइवेट स्कूल-कॉलेज खुल गए हैं। अपहरण उद्योग के रिटायर्ड लोगों ने मिलकर 'अपहरण कॉलेज' खोल दिया है। अच्छी फीस लेते हैं—वे अपने छात्रों से कहते हैं कि नमूने के तौर पर

किसी का अपहरण करके दिखाओ—वे लोग तेरे पति को छोड़ देंगे—बशर्ते कि— " पुलिस वाला बोलते-बोलते रुक गया।

"क्या बशर्ते कि दरोगा जी?" औरत ने पूछा।

"देख यह भी हो सकता है कि अपहरण के प्रयोग के बाद उन्होंने तेरे पति को किस दूसरे स्कूल में पहुँचा दिया हो।"

"क्या मतलब दरोगा जी?"

"देख हत्या करना, गोली मारना, गला काटना आदि-अदि सिखाने के भी तो स्कूल खुले हैं न।"

औरत रोने लगी। पुलिस बोली, "रो मत, हो सकता है मानव अंगों की तस्करी करनेवाले किसी गिरोह ने पकड़ लिया हो। तेरा पति आ तो जाएगा पर ये समझ ले एक गुर्दा न होगा, या एक आँख न होगी, या मान ले—।" औरत रोने लगी। पुलिस ने कहा, "अब यहाँ थाने में तो न रो। यहाँ औरतें रोती हैं तो लोग जाने क्या-क्या समझते हैं। यहाँ से तो तुझे हँसते हुए जाना चाहिए।"

ये तो हुई आदमी के गुम हो जाने की बात। अब सुनें कुत्ते के पिल्लों की गुमशुदगी की दास्तान। दरअसल जो कुत्ते के पिल्ले खोए हैं उन्हें कुत्ते का पिल्ला कहने से भी डर रहा हूँ। उसकी वजह है। आपको मालूम ही है कि कुछ साल पहले अमेरिका के राष्ट्रपति जब अपने दल-बल के साथ दिल्ली आए थे तो उनके साथ कुत्ते भी थे। उनके कुत्तों की प्रतिष्ठा, गरिमा, पद आदि के बारे में पता न होने के कारण एक भारतीय अधिकारी ने उन्हें कुत्ता कह दिया था। इसी बात पर उस अधिकारी के ख़िलाफ़ कुत्तों की मानहानि का दावा कर दिया गया था। अदालत में अमरीकी सरकार के प्रतिनिधि ने कहा था ये कुत्ते नहीं हैं—इनके नाम और पद हैं। एक का नाम जैक जॉनी है और वह मेजर के पद पर है। दूसरे का नाम स्टीव शॉ है जो कैप्टन है। तीसरी कुतिया का नाम लिंडा जॉन्स है जिसने अभी-अभी ज्वाइन किया है और वह सेकंड लेफ्टिनेंट है। अदालत ने इन अधिकारियों की मानहानि करने के सिलसिले में सम्बन्धित अधिकारी को सज़ा सुनाई थी और यह आदेश दिया था कि भविष्य में इन कुत्तों को कुत्ता नहीं कहा जाएगा। यही वजह रही कि राजधानी के समाचार-पत्र

बड़े आदर और सम्मान से, कुत्ते के नाम और पद छापते रहे। आप-हम सब जानते हैं कि वैसे भी हमारे समाचार-पत्र कुत्तों का कितना ध्यान रखते हैं क्योंकि उससे लाभ-हानि जुड़ी होती है।

बहरहाल हुआ यह कि एक रात दो बजे मंत्री-पुत्र के घर से थाने में फ़ोन आया। थाने की नींद उड़ गई। मंत्री-पुत्र ने डाँटा और कहा कि तुम सोते रहते हो और चोर चोरी करते रहते हैं। तुम्हें पता है बेबी रतन और बेबी गौरी का अपहरण हो गया है। थाने में तुरन्त कार्यवाही की बात उठी। पर सब जानते थे कि मंत्री-पुत्र अभी तक अविवाहित है और उसने कसम खाई हुई है कि जब तक स्वयं मंत्री नहीं बन जाएगा शादी नहीं करेगा। ऐसी हालत में बेरी रतन और बेबी गौरी कहाँ से आ गए? इस सवाल का जवाब कोई न दे सका तो हवालात में बन्द एक अपराधी ने दिया। उसने बताया, बेबी रतन और बेबी गौरी मैडम लूसी और सर जॉनसन की औलादें हैं जिन्हें मंत्री-पुत्र यू.एस. से ख़रीदकर लाए थे और अनजाने तथा अनाड़ी इन्हें कुत्ते के पिल्ले कह उठे थे जिस पर उसी समय उनकी ज़ुबान खिंचवा ली गई थी।

रतन और गौरी के अपहरण की ख़बर जंगल की आग की तरह फैल गई। स्थानीय पत्रकारों के बाद टी.वी. चैनल वाले धमक पड़े और पूरा थाना कैमरों, लाइटों, कटरों से भर गया। कुछ टी.वी. वाले मंत्री-पुत्र की कोठी पर पहुँच गए। सबसे पहले यह 'ब्रेकिंग न्यूज' 'जल्सा चैनल' ने दी। उसके बाद यह ब्रेकिंग न्यूज 'समकुल चैनल' पर शुरू हुई। उसके बाद तो घमासान शुरू हो गया। हर चैनल पर ब्रेकिंग न्यूज स्टोरी चलने लगी, रतन और गौरी के 'स्टिल्स' और 'फुटेज' की माँग इतनी बढ़ गई कि प्रोडक्शन हाउसों वाले पागल हो गए।

चैनलों में तूफ़ान मच गया। एक रिपोर्टर की नौकरी इसलिए चली गई कि वह रतन का फ़ोटो नहीं ला सका। दूसरे चैनल में किसी का प्रोमोशन हो गया क्योंकि वह मंत्री-पुत्र की 'बाइट' ले आया। एक पत्रकार को पीटा गया, क्योंकि उसने मंत्री-पुत्र के कुत्ताघर, जिसे अंग्रेज़ी में सब 'केनल्ल' कहते थे, में घुसने की कोशिश की थी। दो पुलिसवाले सस्पेंड हो गए क्योंकि चार घंटे हो गए थे और उन्होंने रतन और गौरी का पता

नहीं लगाया था। डी.एम. का ट्रांसफर होते-होते बचा और एस.पी. को 'कारण बताओ' नोटिस दे दिया गया।

चैनलवालों ने पुलिस को पटाने का काम शुरू किया। वे चाहते थे कि इस पूरे ऑपरेशन में, जिसे पुलिस ने 'ऑपरेशन ट्रुथ' का नाम दिया था, वे लगातार पुलिस के साथ रहें। 'जल्वा' चैनल वालों ने पुलिस को यह समझा कर पटाया कि 'ऑपरेशन ट्रुथ' के बाद चैनल पुलिस का इंटरव्यू दिखाएगा। यह बात 'चैनल फोर फाइव सिक्स' वालों को पता चल गई। उन्होंने पुलिस को पच्चीस हज़ार नकद देने का वायदा किया। कहा यह कि 'जल्वा' वालों की जगह उन्हें पूरे 'ऑपरेशन ट्रुथ' में साथ रखा जाए। यह बात 'मून चैनल' वालों को पता चली तो उन्होंने गृह मंत्रालय के एक सीनियर ऑफ़िसर से फ़ोन कराया और आदेश दिया गया कि पुलिस 'मून चैनल' वालों को प्राथमिकता दे। बात इतनी ऊपर पहुँच चुकी थी कि पुलिसवाले डरने लगे। डी.एम. को लगने लगा कि कल कहीं प्रधानमंत्री सचिवालय से फ़ोन न आ जाए।

पुलिस ने छापे मारने शुरू किए। चार टीमें बनाई गईं और रात-दिन रतन और गौरी की तलाश का काम शुरू हो गया। इसी दौरान मंत्री-पुत्र के पास फ़ोन आया कि फलाँ-फलाँ जगह पचास करोड़ रुपया न पहुँचाया गया तो रतन और गौरी की हत्या कर दी जाएगी। अब स्टोरी का एक नया 'ऐंगिल' निकल आया। चैनल विशेषज्ञों को बुलाकर उनसे बहस कराने लगे। सुखद यह रहा कि चैनल वालों को इस मसले में विशेषज्ञ बदलने नहीं पड़े। दो-चार आदमी जो राजनीति, समाजशास्त्र, वनस्पतिशास्त्र और खगोलशास्त्र के विशेषज्ञ थे और हर तरह के कार्यक्रमों में टी.वी. पर आया करते थे वही गौरी और रतन वाले मामले में भी आए और दर्शक यह सोचकर अचम्भे में पड़ गए कि राजनीति के मर्मज्ञ कुत्तों के बारे में भी पूरी जानकारी रखते हैं। चैनल वाले गर्व से कहते थे कि विशेषज्ञता और 'प्रोफ़ेशनलिज़्म' के ज़माने में हमने ऐसे लोग खोज रखे हैं जो संसार की किसी भी समस्या, ज्ञान-विज्ञान के किसी भी क्षेत्र में, लोक-परलोक की किसी भी घटना के बारे में विद्वत्तापूर्ण ढंग से विचार व्यक्त कर सकते हैं।

ईश्वर का करना कुछ ऐसा हुआ कि पुलिस, सी.आई.डी., आई.बी. रॉ. और दूसरी खुफ़िया एजेंसियों ने मिलकर रेड डालने शुरू किए और आख़िरकार पता चला कि एक जगह शहर के बाहर एक फार्म हाउस में रतन और गौरी को रखा गया है। अपहरणकर्ता पूरे असलहे से लैस हैं। उनके पास बोफोर्स तोपों से लेकर 'एंटी एयरक्राफ्ट गन' तक मौजूद है। अब तो सेना से मदद लेने की ज़रूरत पड़ी। गृह मंत्रालय ने सुरक्षा मंत्रालय से निवेदन किया और एक ले. जनरल के साथ ब्रिगेड भेज दी गई।

टी.वी. चैनलों पर बहस का मुद्दा यह था कि इस 'ऑपरेशन ट्रुथ' में रतन और गौरी सलामत निकल आएँगे या नहीं। यह भी जानकारी मिली कि अपहरणकर्ताओं ने मार्केट से दो सौ टन टी.एन.टी. भी ख़रीदी है और उसका ज़ख़ीरा भी उनके पास है। टी.वी. चैनलों के वही विशेषज्ञ जो वनस्पति विज्ञान से लेकर सुपरसोनिक जेटों तक के विशेषज्ञ थे, कहने लगे इतना 'एक्सप्लोसिव मैटीरियल' तो पूरे फार्म हाउस को ज्वालामुखी की तरह उड़ा देगा और ज़ाहिर है उसमें नन्हे-मुन्ने रतन और गौरी के बचने की क्या उम्मीद होगी। तब कहा गया कि यह दरअसल मनोवैज्ञानिक लड़ाई है। इसे भारत अकेले नहीं लड़ सकता। इसमें तो जब तक अमेरिका का सपोर्ट नहीं होगा यह लड़ाई नहीं जीती जा सकती। अमेरिका से कहा गया तो वहाँ से बड़ा सार्थक और उत्साहवर्धक जवाब आया। अमेरिका ने कहा है कि वह तो संसार के हर कोने में शान्ति स्थापित करने के लिए दृढ़संकल्प है। जहाँ भी शान्ति भंग होने, मानव अधिकारों के हनन का सवाल उठता है अमेरिका उठ खड़ा होता है। और अब चूँकि भारत में ऐसी स्थति आ गई है इसलिए अमेरिका अवश्य ही आएगा। यह भारत की सभ्यता है कि वह अमेरिका को आमंत्रित कर रहा है। यदि न भी कर रहा होता तो अमेरिका आता क्योंकि वह विश्व में शान्ति स्थापित करना चाहता है और यह उसके 'एजेंडे' का एक और पहला मुद्दा है। यही नहीं, अमेरिका ने घोषणा कर दी कि उसकी सेनाएँ ध्वनि से तेज़ चलनेवाले विमानों पर बैठकर भारत के लिए रवाना हो चुकी हैं। हिन्द महासागर में अमेरिकी बेड़ों को भारत की तरफ़ कूच करने का आदेश दे दिया गया है। और यह भी कहा गया कि भारत को चाहिए कि सेनाओं

के पहुँचने से पहले कोकाकोला और पेप्सीकोला का पर्याप्त भंडार कर ले। मैक्डानाल्ड हैम्बर्गर, अंकिल चिप्स, कनटकी चिकन, एफ.टी.जे. वगैरा की जितनी ज़्यादा दुकानें खोली जा सकती हों खुलवा दें क्योंकि अमरीकी सैनिक ज़ाहिर है दाल-रोटी नहीं खाएँगे। चूँकि यह आदेश था इसलिए इन्तज़ाम पूरा हो गया। बड़े-बड़े अमेरिकी बाज़ार खुल गए जहाँ सूई से लेकर हवाई जहाज तक उपलब्ध था।

ऐसी तैयारी का नतीजा भी अच्छा निकला। लेज़र बम से रतन और गौरी के अपहरणकर्ता को मार गिराया गया। दूसरा एक तहखाने में छिप गया था। उसने दाढ़ी बढ़ा ली थी, उसे पकड़ा गया। अमेरिकी सैनिकों ने कहा कि हम इसे अमेरिका ले जाएँगे और चिड़ियाघर में बन्द कर देंगे ताकि विश्व शान्ति भंग करनेवालों के लिए एक सबक हो।

चूँकि अमेरिकी सैनिकों के लिए पेप्सी, कोला, बीयर, हैम्बर्गर आदि का एक बड़ा स्टॉक था इसलिए उन्हें वापस जाने की जल्दी नहीं थी। उन्होंने कहा कि हम तो आपके देश से विश्वशान्ति भंग करनेवाली सभी शक्तियों को नष्ट करके ही जाएँगे। उनके इस विचार का स्वागत किया गया और वे यहाँ पेप्सी पी-पीकर मोटे होने लगे।

जिस दिन थाने में रतन और गौरी पहुँचे उसी दिन वहाँ एक सिरकटी लाश भी पहुँची। रतन और गौरी के मिल जाने से थाने के चारों तरफ़ दफा 104 लगा दिया गया था, क्योंकि ओ.बी. वैनों से रास्ता बन्द हो गया था और दर्शकों का सैलाब था जो अमेरिकी सैनिकों और रतन, गौरी को देखने के लिए उमड़ पड़ा था। कई बार लाठी चार्ज हो चुका था पर दर्शक काबू में नहीं आ रहे थे। वे जय-जयकार कर रहे थे। ख़ुशी के मारे आपे से बाहर हुए जा रहे थे।

इसी बीच मैली-कुचैली धोती बाँधे, तीन बच्चों को सँभाले किसी तरह गिरती-पड़ती एक औरत थाने पहुँची। उसे पता लग गया था कि आज एक सिरकटी लाश थाने लाई गई है। किसी न किसी तरह वह औरत थाने के अन्दर आ गई। वहाँ टी.वी. चैनल वाले भरे पड़े थे और अमेरिकी सैनिकों के साथ सिगरेट पी रहे थे। एकाध बीयर की घूंट भी मिल जाती थी।

टी.बी.सी. चैनल की राधिका रमन ने देखा कि एक औरत सिरकटी

लाश के पास खड़ी उसे पहचानने की कोशिश कर रही है। उसके साथ तीन छोटे-छोटे बच्चे भी खड़े हैं। राधिका ने अपने बॉस सत्यकाम से कहा, "सर ये देखिए कितनी अच्छी स्टोरी है। सिरकटी लाश को यह औरत पहचानने की कोशिश कर रही है। तीन बच्चे पास खड़े हैं। इसे शूट करें सर?"

सत्यकाम बिगड़कर बोला, "क्या चाहती हो चैनल बन्द हो जाए?"

"नहीं सर—लेकिन क्यों?" राधिका ने कहा।

सत्यकाम बोले, "इस औरत, बच्चों और लाश का 'विजुअल' देखकर सी.ई.ओ. मिस्टर मेहरा मेरी तो छुट्टी कर देंगे।"

"क्यों सर?"

सत्यकाम बोले, "ओ माई गॉड—तुम्हें ये भी बताना पड़ेगा? अरे हमारे चैनल पर 'ऐड' आते हैं, विज्ञापन समझीं?"

"हाँ सर।"

"वो विज्ञापन किनके लिए होते हैं? कौन यह सामान ख़रीदता है? यह क्या देखना—चलो चलो कैमरा लगाओ—रिफ्लेक्टर—साउंड—" चैनल का संवाददाता चिल्लाने लगा क्योंकि थाने के अन्दर बड़े ख़ूबसूरत मंच पर रतन और गौरी को लाया जा रहा था। उनके पीछे-पीछे मंत्री-पुत्र, कमल का फूल बना, आ रहा था। पीछे अधिकारी, सेना के पदाधिकारी आदि थे। संगीत बज रहा था। कबूतर और गुब्बारे हवा में छोड़े जा रहे थे। आतिशबाजी आसमान पर रंग-बिरंगे करिश्मे दिखा रही थी। पूरी इमारत जगमगा रही थी। लगता था आज छब्बीस जनवरी या पन्द्रह अगस्त है। चारों तरफ़ उल्लास, मस्ती, विजय का भव्य प्रदर्शन व्याप्त था।

उस औरत ने सिरकटी लाश पहचान ली थी। यह उसका पति ही था। औरत रो रही थी, पर मौज, मस्ती, आनन्द, उल्लास, जश्न, गीत-संगीत के माहौल में उसकी आवाज़ कोई नहीं सुन रहा था।

उसके बच्चे अपने फटे-पुराने कपड़ों में सहमे, सिकुड़े, मुँह खोले मंच पर होनेवाले तमाशे में डूबे हुए थे। वे न अपनी माँ को देख रहे थे, न बाप की सिरकटी लाश को।

मुखमंत्री और डेमोक्रेसिया

1

अकाल हो या बाढ़, दंगे हों या स्टैम्पीड मुखमंत्री सुखमंत्री रहते हैं। आजकल मुखमंत्री हेलीकॉप्टर से बाढ़ग्रस्त क्षेत्र का सघन दौरा कर रहे हैं। ब्रेकफस्टवा से लेके डिनरवा तक सबै हेलीकॉप्टरवा में होता है। रात-दिन कान घुनघुनाते रहते हैं, सो अलग। सैकड़ों गाँवों में पानी भरा है। हज़ारों जानवर और आदमी मर चुके हैं। बीमारियाँ फैल रही हैं। महामारी लोगों को चट कर रही है। पानी लगातार बढ़ रहा है। मुखमंत्री ने सोचा कहीं पानी इतना न बढ़ जाए कि हेलीकॉप्टरवा डूब जाए। उन्होंने पायलट से पूछा,

"क्यों जी हेलीकॉप्टरवा पानी में डूब तो न जाएगा?"

पायलट ने कहा, "सर ऐसा कैसे हो सकता है।"

मुखमंत्री ने कहा, "मान लीजिए सौ फुट पानी ऊपर चढ़ गया तो?"

पायलट ने कहा, "क्या होगा? यही कि पन्द्रह-बीस हज़ार गाँव और डूब जाएँगे।"

"मान लीजिए हज़ार-पाँच सौ फुट बढ़ गया तो?"

"शहर डूब जाएँगे।" पायलट बोला।

"मान लीजिए हज़ार, दो हज़ार, पाँच हज़ार फुट।"

"तब तो पूरा देश डूब जाएगा पर हेलीकॉप्टरवा नहीं डूबेगा।" पायलट बोला।

"और बीस हज़ार फुट।" मुखमंत्री बोले।

"तब तो सर हिमालय पहाड़ डूब जाएगा, हेलीकॉप्टरवा भी डूब जाएगा।" पायलट बोला।

“अरे तो थोड़ा ओर ऊँचा उड़ाइए न हेलीकॉप्टरवा।” मुखमंत्री ने कहा और नीचे देखने लगे।

“अरे देश में डेमोक्रेसिया है न, काहे को डिराते हैं।”

2

मुखमंत्री हेलीकॉप्टरवा से देख रहे हैं। हेलीकॉप्टरवा इतने ऊँचे उड़ रहा है कि नीचे कुछ नहीं दिखाई दे रहा।

अचानक मुखमंत्री ने हेलीकॉप्टरवा का दरवाज़ा खोला और नीचे कूद पड़े।

वे सीधे कोसी की मुख्यधारा में गिरे और नीचे चले गए। सैकड़ों फुट नीचे चले गए। वहाँ उन्होंने देखा कि कीचड़ और गाद में लोगों की लाशें फँसी पड़ी हैं। मुखमंत्री उन लाशों को पहचान-पहचानकर निकालने लगे।

जब वे ऊपर आए तो उनके साथ चार सौ लोगों की लाशें थीं।

मीडिया ने ब्रेकिंग न्यूज बना दी, प्रधानमंत्री ने मुखमंत्री को बधाई सन्देश भेजा।

मीडिया ने मुखमंत्री से पूछा, “हमने सुना है, आप केवल अपने वोटरों की लाशें ही निकालकर लाए हैं।”

मुखमंत्री ने कहा, “अरे विरोधी दल वाले भी चले जाते कोसी की गोद में, अरे ये तो डेमोक्रेसिया है।”

3

मुखमंत्री कोसी नदी में से निकले। उनके एक हाथ में पूड़ियों का थाल और दूसरे हाथ में मिठाइयों का थाल है।

मुखमंत्री ने आवाज़ लगाई, “आइए जो-जो हमारे वोटर हैं, भोजन कर लीजिए।” सब लोग भोजन पर टूट पड़े। थाल सफाचट हो गए।

कुछ लोगों ने मुखमंत्री से कहा, “आपके विरोधियों ने भी भोजन कर लिया है।”

मुखमंत्री ने विरोधियों को पकड़ा। उनके गले में हाथ डाला और गिन-गिनकर एक-एक पूड़ी और एक-एक मिठाई का टुकड़ा निकाल लिया।

फिर मुखमंत्री बोला,

"जाइए उनका खाइए जिन्हें वोट देते हैं—अरे ये तो डेमोक्रेसिया है भइया।"

4

मुखमंत्री हेलीकॉप्टरवा पर बाढ़ग्रस्त क्षेत्र का दौरा कर रहे हैं। फोटोग्राफर उनका फोटो खींच रहा है।

"दिखाइए फोटो।" मुखमंत्री ने कहा।

फोटोग्राफर ने फोटो दिखाया।

"इसमें चिन्ता के भाव तो आए ही नहीं। कैसे फोटोग्राफर हो जी तुम। कौन से विभाग में हो?"

मुखमंत्री बोले।

"एक चाँस और सर।"

"चलो खींचो।"

एक चित्र और लिया गया।

फोटो देखकर मुखमंत्री बोले, "और तो ठीक है। आँख में आँसू भी आ जाता तो अच्छा था।"

"ठीक है सर, एक चाँस और सर।"

फोटो खींचा गया। मुखमंत्री ने देखा।

"आप भी अजीब फोटोग्राफर हैं। अरे कोई एक आँख से रोता है, एक ही आँख में आँसू दिखाई पड़ रहा है।" मुखमंत्री बोले।

"एक चाँस और सर।"

"नहीं अब रहने दें। हम पिछले साल वाला फोटो रिलीज करा देंगे अरे डेमोक्रेसिया है न।" मुखमंत्री ने कहा और नीचे देखने लगे।

5

"आपदा प्रबन्धन की ज़िम्मेदारी किसकी है?" मुखमंत्री ने अधिकारियों से पूछा।

एक अधिकारी ने दूसरे की तरफ़ इशारा किया, दूसरे ने तीसरे, और तीसरे ने चौथे, और चौथे ने पाँचवें की ओर। और इस तरह हर अधिकारी ने एक-दूसरे की ओर उँगली उठा दी।

मुखमंत्री महोदय मुस्काए और उन्होंने कोसी की तरफ़ इशारा कर दिया।

"जय बोलो जय-जय कोसी माता।"

6

मुखमंत्री महीने में एक उद्घाटन नहीं करते तो तबीयत ख़राब होने लगती है। इधर हेलीकॉप्टरवा से छुट्टी ही नहीं मिल रही है। रोज दो-चार कस्बा-गाँव डूब जाता है। दौरा होता है। उद्घाटन हो तो कैसे हो? मुखमंत्री ने सोचा हेलीकॉप्टरवा में ही उद्घाटन कर देंगे। अधिकारियों ने कहा कि उद्घाटन का पत्थर नीचे गिरा दिया जाएगा। जनता ताली बजाएगी।

बाढ़ग्रस्त क्षेत्र में उद्घाटन देखने हज़ारों लोग आए क्योंकि घोषणा की गई थी कि उद्घाटन के बाद राशन भी मिलेगा।

निश्चित समय पर हेलीकॉप्टरवा आया। मंत्री ने भाषण दिया और उद्घाटन की शिला नीचे गिरा दी गई। वह भारी पत्थर ताली बजाते लोगों पर गिरा। वे उसके नीचे दबकर मर गए। फ़िर राशन के बोरे गिराए गए जिन्हें लेनेवाला कोई न था। मंत्री महोदय ने कहा, यही तो डेमोक्रेसिया है भइया।"

7

"मुखमंत्री जी, बाढ़-पीड़ितों को विरोधी दल वाले आज दही-चूड़ा खिला रहे हैं।"

"तो कल हम दूध-जलेबी खिलाएँगे।"
"परसों वे हलवा-पूड़ी खिलाएँगे।"
"तो हम रसगुल्ला-गुलाबजामुन खिलाएँगे।"
"तो हम एक सौ आठ भोज खिलाएँगे।"
"इससे तो बाढ़ पीड़ित मर जाएँगे।"
"भइया यही तो डेमोक्रेसिया है।"

8

बाढ़ का पानी उतर नहीं रहा। बाढ़-पीड़ित बाढ़ में फँसे पड़े हैं। लगता है सब कुछ किसी छपे हुए चित्र में बदल गया है। लोग अपने-अपने बच्चों को कन्धों पर उठाए, सामान लादे, भूखे, परेशान, बेघर-बार खड़े हैं। चारों तरफ़ बाढ़ का पानी है जो उन्हें खा जाने कि लिए तैयार है।

इस ठहरे हुए दृश्य में एक हलचल होती है। मतलब दृश्य चलायमान हो जाता है। नदी की तलहटी में से मुखमंत्री निकलते हैं। फिर नदी की तलहटी में से प्रधानमंत्री जी निकलते हैं। बाढ़ का पानी बढ़ने लगता है और बाढ़-पीड़ितों की नाक तक आनेवाला है।

इसी बीच मुखमंत्री कहते हैं,

"बाढ़ रोकना केन्द्र सरकार की ज़िम्मेदारी है।"

प्रधानमंत्री बोले, "नदी आपके राज में है कि हमारे केन्द्र में है?"

मुखमंत्री ने कहा, "संसद तो वहीं है!"

प्रधानमंत्री, "संविधान बनानेवाले जानते थे, बार-बार आती रहेगी बाढ़ और आप केन्द्र को परेशान करते रहेंगे। यही कारण—"

मुखमंत्री, "आप इसे परेशानी कहते हैं। हम तो कहते हैं साल भर बाढ़ रहे। जनता की सेवा करने का मौका मिलता रहे। मुखमंत्री कोश में पैसा आता रहे।"

पानी बढ़ता रहा। नाक के ऊपर चला गया। दृश्य में जितने लोग थे सब डूब गए।

प्रधानमंत्री बोले, "देखा आपने। आप बेबात की बात करते रहे और जनता डूब गई।"

मुखमंत्री ने कहा, "आप संविधान की चर्चा कर रहे थे। बता रहे थे कि यही डेमोक्रेसिया है।"

9

आपदा मुखमंत्री से मिलने आई। साथ में सौ-पचास टोकरा मिठाई लाई, मुखमंत्राइन के लिए साड़ी, कपड़ा-गहना लाई, बच्चों के लिए खिलौना लाई। मुखमंत्री के साले के लिए हल्के वाले मिठाई के डिब्बे लाई। मुखमंत्री के लिए चार-पाँच हेलीकॉप्टरवा लाई।

आपदा मुखमंत्री के ऑफ़िस में बैठ गई। मुखमंत्री चाय-वाय पिलाने के बाद बोले, "बहन जी हर साल आ जाया करो। तुम नहीं आती हो तो बड़ा सन्नाटा रहता है। विकास फंड ही ख़र्च नहीं हो पाता और कोई क्या कहे।"

"हर साल आना तो कठिन है भइया। देश में दूसरे मुखमंत्री भी बुलाते रहते हैं। अब जिसके यहाँ न जाओ, बुरा मानता है।"

"ठीक है बहन, हम समझते हैं। आपके ऊपर पूरे देश की ज़िम्मेदारी है।"

रात में मुखमंत्री ने प्रधानमंत्री से कहा, "आपदा से राज को जो हानि हुई है उसकी भरपाई करने के लिए दस हज़ार करोड़ रुपया चाहिए होगा।"

"इतना पैसा तो आपको नहीं मिले सकेगा।"

प्रधानमंत्री तोते जैसे बोले।

"काहे? ख़ज़ाने में पैसा तो है।"

"अरे है तो पर आपको न मिलेगा।"

"अरे तो पैसा किसके लिए है?" मुखमंत्री चिढ़कर बोले।

"चन्दवा के ऊपर जाने के लिए रखा है।" प्रधानमंत्री चहककर बोले।

"चन्दवा?"

"हाँ, अगले वर्ष हम, मतलब भारत सरकार चाँद पर राकेट भेज रही है। उसके लिए पचास हज़ार करोड़ रखा है।"

"तो आप चन्दवा पे चले जाइएगा?" मुखमंत्री ने व्यंग्य किया।

"अरे हम तो रहते ही चन्दवा में हैं। अपनी सोचिए। यही तो डेमोक्रेसिया है।" प्रधानमंत्री बोले।

10

मुखमंत्री का हेलीकॉप्टर एक गाँव के ऊपर उड़ रहा है। पूरा गाँव पानी में डूबा हुआ है। एक कच्चे घर की छत पर एक किसान और उसका पाँच-छह साल का बेटा बैठा है। सामने दो-तीन मुर्दा जैसी औरतें और आदमी पड़े हैं। मुखमंत्री दूरबीन से गाँव के एक घर की छत का यह दृश्य देख लेते हैं। नीचे किसान और उसका बेटा हेलीकॉप्टर को देखकर खड़े हो जाते हैं और हाथ हिलाते हैं।

"ये आप नीचे क्या देख रहे हैं?" मुखमंत्री ने अपने सचिव से पूछा।

"सर हम तो आपका बयान टाइप कर रहे हैं।"

"अरे तो नीचे देखिए।"

"सर लगता है, पिता और पुत्र बचे हैं। बाकी परिवार मर चुका है।

"अरे ये तो हम भी देख रहे हैं। अब कुछ बताइए?" मुखमंत्री बोले।

"क्या सर?"

"हम एक रोटी फेंकें तो बाप-बेटे तक पहुँच जाएगी?" मुखमंत्री ने पूछा।

"हवा तेज़ चल रही है। रोटी इधर-उधर चली जाएगी।"

"फिर हम क्या फेंकें कि इन तक चला जाए?"

मुखमंत्री के सामने प्लेट में चिकन की हड्डियों का ढेर लगा था। उसे देखकर सचिव बोला,

"सर हड्डियाँ फेंक दें तो उन लोगों तक पहुँच जाएँगी।"

"अरे फेंकना क्या, हम ही हड्डियाँ देकर आते हैं। चुनाव में एक वोट तो पक्का हो ही जाएगा।"

सदन में शहीदे आज़म

हमारे लोकतंत्र पर चारों तरफ़ से हमले हो रहे हैं। लेकिन हमारे प्रतिनिधि इन हमलों को नाकाम कर देते हैं। हो सकता है कि हमारे प्रतिनिधि अपनी सज्जनता और भोलेपन के कारण पहले हमलों को न समझ पाते हों, लेकिन जब समझ जाते हैं तो जान पर खेलकर लोकतंत्र को बचा लेते हैं। दुख और चिन्ता की बात यह है कि उनके जान पर खेलकर लोकतंत्र बचाने के प्रयासों की सराहना उन्हें स्वयं ही करनी पड़ती है। जबकि यह काम जनता का है, लेकिन जनता आजकल क्रिकेट मैच, भौंडे टेलीविजन कार्यक्रम, शेयर मार्केट का उतार-चढ़ाव, सोने का बाज़ार, प्रॉपर्टी की क़ीमतों में हेर-फेर, बिना किए करोड़पति हो जाने के सपने ही देखती है। ख़ैर, हमारे जनप्रतिनिधि किसी बात का बुरा नही मानते। वे मानते हैं कि जनता को न बदला जा सकता है, न वे किसी देश में जाकर जनप्रतिनिधि बन सकते हैं।

हमारे लोकतंत्र पर ताज़ा हमला एक बदबू ने कर दिया है। हमारे कर्मठ, समर्पित, प्रतिभावान प्रतिनिधि चाहते हैं कि सदन की कार्यवाही कम-से-कम साल में दो सौ दिन तो चले पर व्यवधान डालनेवाले इस कार्यवाही को समेटकर सौ से भी कम के आँकड़े पर खड़ा कर देते हैं। इन दिनों सदन की कार्यवाही बहुत सुन्दरता से चल रही थी कि अचानक सदन पर बदबू ने हमला कर दिया। यदि हमला करनेवाला कोई और होता तो हमारे प्रतिनिधि सीना सीना तानकर खड़े हो जाते। लेकिन चूँकि हमलावर अदृश्य था इसलिए हमारे प्रतिनिधि विवश हो गए। पर यह बहस चलने लगी कि यह दुर्गन्ध कैसी है? कुछ ने कहा,

यह गैस की बदबू है। इस पर पूछा गया किस कम्पनी की गैस की बदबू है? थोड़ा खुलकर कम्पनी का नाम बताया जाए। बदबू से कम्पनी का नाम बता देना सरल था लेकिन सदन ख़ामोश रहा। बहस यह होने लगी कि दुर्गन्ध कब से आ रही है? एक सदस्य ने कहा कि वह जब से जनप्रतिनिधि चुनकर आया है तब से उसे यह दुर्गन्ध आ रही है। इस पर पूछा गया कि उसने इससे पहले दुर्गन्ध की शिकायत क्यों नहीं की? प्रतिनिधि ने बताया कि वह तो दो साल पहले ही चुनकर आया है। उसे लगा था कि शायद जिसे वह दुर्गन्ध समझ रहा है वह दुर्गन्ध नहीं सुगन्ध है जिसे सदन में बड़े प्रयासों से फैलाया गया है। नए सदस्य के इस वक़्तव्य पर कुछ दूसरे सदस्य नाराज़ हो गए और उन्होंने नए सदस्य पर जातिवादी होने का आरोप लगाया। अब बहस जातीय आधार पर बँट गई और जाति-विशेष की तरफ़ इशारे होने लगे। बहस को लाइन पर लाते हुए एक अनुभवी सदस्य ने कहा कि पिछले पच्चीस साल से वह यह दुर्गन्ध महसूस कर रहा है। बात पीछे खिसकते-खिसकते यहाँ तक पहुँची कि अंग्रेज़ जब हमारे देश को आज़ाद करके गए थे तब से यह दुर्गन्ध सदन में है। यह अंग्रेज़ों द्वारा छोड़ी गई दुर्गन्ध है। इस मत का पूरे सदन ने समर्थन किया और कहा गया कि विदेश मंत्रालय इस पर सख़्त कार्यवाही करे और ब्रितानी सरकार से कड़े शब्दों में पूछा जाए कि यह क्या मामला है? कुछ सदस्य बदबू के ब्रितानी षड्यंत्र होनेवाले बिन्दु से इतना उत्तेजित हो गए कि उन्होंने कहा कि अंग्रेज़ तो जो भी छोड़ गए सबसे बदबू आती है। रेल की पटरियाँ गन्धाती हैं, गेटवे ऑफ इंडिया से लेकर इंडिया गेट तक बदबू-ही-बदबू है। नौकरशाही से दुर्गन्ध आती है। आई.पी.सी. से सड़ी गन्ध आती है। शिक्षा-व्यवस्था की हालत तो गन्दे नाले जैसी है। सदन के ज़िम्मेदार सदस्यों ने जब बहस को यह मोड़ लेते देखा तो बोले—वह सब छोड़िए, यहाँ सदन में इस गन्ध के लिए जो ज़िम्मेदार है उससे जवाब तलब किया जाना चाहिए। इस पर मेजें बजने लगीं।

सदन के कुछ प्रभावशाली यह बहस होने से पहले सदन की कैंटीन में सस्ते दरों पर मिलनेवाली बिरयानी खाने चले गए थे। वे वापस आए तो

उन्होंने यह बहस होते देखी। वे बहुत नाराज़ हो गए। एक सीनियर सदस्य ने कहा, "आप लोगों को शर्म नहीं आती? आप इसे बदबू कह रहे हैं?"

"फिर यह क्या है?"

"यह तो लोकतंत्र की सुगन्ध है।"

"ये कैसे?"

"अरे, आपको शर्म नहीं आ रही? ये तो डूब मरने की जगह है। आपको मालूम है, हमने लोकतंत्र कितने बलिदान देकर हासिल किया है? कितने शहीदों का ख़ून बहा है? कितने घर उजड़े हैं? कितने ने कालापानी काटा है? कितने फाँसी के फन्दे पर झूले हैं? कितनी बहनों का सुहाग उजड़ा है? कितनी माँओं की गोदें सूनी हुई है? तब हमें लोकतंत्र मिला है। आप लोगों की इन ओछी हरकतों से आज स्वर्ग में राष्ट्रपिता पर क्या गुज़र रही होगी; सुभाषचन्द्र बोस कितना दुखी होंगे और शहीदे आजम का कलेजा टुकड़े-टुकड़े हो गया होगा—अगर उनके सामने—अगर उनके सामने—"

अचानक सभी सदस्यों की आँखें एक तरफ़ को उठ गईं। धीरे-धीरे नपे-तुले कदमों से एक नवयुवक सदन में दाखिल हो रहा था। उसका तेजवान लम्बोतरा चेहरा था। बड़ी-बड़ी संवेदना और विचार में डूबी आँखों से वह सबको देख रहा था। उसने फ़्लैट हैट लगाई हुई थी। चेहरे पर शानदार मूँछें फब रही थीं। नौजवान धीरे-धीरे आगे बढ़ता रहा। उसने अपने हाथ में कुछ लिया हुआ था। नौजवान के रौब-दाब के आगे सबकी घिग्गी बँध गई थी। बड़ी हिम्मत करके एक सीनियर सदस्य ने पूछा, "आप कौन हैं?"

नौजवान ने ज़ोर का ठहाका लगाया। उसकी आवाज़ देर तक सदन में गूँजती रही। कुछ क्षण बाद वह बोला, "क्या यह बताने की ज़रूरत है कि मैं कौन हूँ?"

अबकी नौजवान ने फिर ज़ोर का ठहाका लगाया। लेकिन यह डरावना ठहाका था। चुने हुए प्रतिनिधि काँप गए सदन की दीवारें थर्रा गईं। नौजवान की आग उगलती आँखें मिलाने की हिम्मत किसी में न थी।

कुछ ठहरकर एक सदस्य ने पूछा, "आपका धर्म? आपका जाति?"

नौजवान ने नफ़रत से कहा, "मेरा कोई धर्म नहीं है। मेरा कोई जाति नहीं है।"

तीसरे प्रतिनिधि ने कहा, "तब तो श्रीमान आज की तारीख़ में आपको किसी चुनाव क्षेत्र से हज़ार वोट भी न मिलेंगे।"

"मैं यहाँ वोट लेने नहीं आया हूँ।" वह आत्मविश्वास के साथ बोला।

"फिर श्रीमान जी—यह तो लोकतंत्र का मन्दिर है—यहाँ— "

एक सीनियर सदस्य बात काटकर बोला, " मैं इन्हें पहचान गया हूँ, ये शहीदे आज़म हैं।

"अरे बाप रे बाप!" पूरे सदन में यह वाक्य गूँज गया। सभी सदस्य हैरान-परेशान हो गए।

"ये आपके हाथ में क्या है शहीदे आज़म?"

"ये बम है।"

"बम?"

"हाँ बम।"

"इसे यहाँ क्यों लाए हैं?"

"इसे यहाँ फेंकने लाया हूँ।"

"यहाँ फेंकने?"

"क्यों शहीदे आज़म?"

"यहाँ बदबू आती है न?"

"हाँ, आती है।"

"बदबू का यही इलाज है।"

"लेकिन ये बम— "

सदन एक ज़ोरदार धमाके की आवाज़ से थर्रा गया। चारों तरफ़ धुआँ-ही धुआँ हो गया। जनप्रतिनिधि मेजों के नीचे छिप गए। जब धुआँ छंटा तो उनमें से कुछ ने मेज़ के नीचे से सिर निकाले।

एक बोला,

"क्या चले गए शहीदे आज़म?"

"तुम देखो।"

"नहीं, तुम देखो।"

"चले तो गए हैं, पर जाने कब चले आएँ!"
"हाँ यार, ये तो है।"
"तो मेज़ के नीचे ही रहें।"
"सदन की कार्यवाही?"
"चलती ही रहेगी क्योंकि सभी मेजों के नीचे हैं।

लिंचिंग

बूढ़ी औरत को जब यह बताया गया कि उसके पोते सलीम की 'लिंचिंग' हो गई है तो उसकी समझ में कुछ न आया। उसके काले, झुर्रियों पड़े चेहरे और धुँधली मटमैली आँखों में कोई भाव न आया। उसने फटी चादर से अपना सिर ढक लिया। उसके लिए 'लिंचिंग' शब्द नया था। पर उसे यह अन्दाज़ा हो गया था कि यह अंग्रेज़ी का शब्द है। इससे पहले भी उसने अंग्रेज़ी के कुछ शब्द सुने थे जिन्हें वह जानती थी। उसने अंग्रेज़ी का पहला शब्द 'पास' सुना था जब सलीम पहली क्लास में 'पास' हुआ था। वह जानती थी के 'पास' का क्या मतलब होता है। दूसरा शब्द उसने 'जॉब' सुना था। वह समझ गई थी कि 'जॉब' का मतलब नौकरी लग जाना है। तीसरा शब्द उसने 'सैलरी' सुना था। वह जानती थी 'सैलरी' का क्या मतलब होता है। यह शब्द सुनते ही उसकी नाक में तवे पर सिंकती रोटी की सुगन्ध आ जाया करती थी। उसे अन्दाज़ा था कि अंग्रेज़ी के शब्द अच्छे होते हैं और उसके पोते के बारे में यह कोई अच्छी ख़बर है।

बुढ़िया इत्मीनान भरे स्वर में बोली, "अल्लाह उनका भला करें—।"

लड़के हैरत से उसे देखने लगे। सोचने लगे बुढ़िया को 'लिंचिंग' का मतलब बताया जाए या नहीं? उनके अन्दर इतनी हिम्मत नहीं थी कि बुढ़िया को बताएँ कि 'लिंचिंग' क्या होती है।

बुढ़िया ने सोचा कि इतनी अच्छी ख़बर देनेवाले लड़कों को दुआ तो ज़रूर देनी चाहिए।

वह बोली, "बच्चो, अल्लाह करे तुम सबकी 'लिंचिंग' हो जाए—ठहर जाओ मैं मुँह मीठा कराती हूँ।"

ढाँचा

वह घर लौटकर आया तो कुछ अजीब-सा लग रहा था। न उसने बच्चों से कोई बात की और न जमीला से कुछ बोला जो स्टोव पर खाना बना रही थी।

किसी चीज़ की छीनाझपटी पर बड़कू और मुनिया में लड़ाई हो गई। बड़कू मुनिया को मारने लगा लेकिन वह कुछ नहीं बोला। जबकि ऐसे मौकों पर वह बड़कू के कान पकड़कर मरोड़ देता था और मुनिया को अपनी गोद में बिठा लेता था।

मुनिया रोती रही और वह ख़ाली-ख़ाली आँखों से कमरे को निहारता रहा। फ़र्श पर बिछे हुए गद्दे, अलगनी से लटकते कपड़े, ताक में रखे काग़ज़ के फूल, दीवार पर लगा मक्का मदीने का फ़ोटो, छत से लटकता एक बल्ब—सब कुछ उसे नया लग रहा था जबकि कुछ भी नया न था।

"रोटी खा लो।" जमीला ने उसकी तरफ़ देखे बिना कहा।

उसने जब कोई जवाब नहीं दिया तो जमीला ने उसकी तरफ़ देखा। वह बे पढ़ी-लिखी लेकिन समझदार औरत थी। देखते ही समझ गई कि दाल में कुछ काला है। उसके आदमी का चेहरा सफ़ेद पड़ गया है।

"क्या हुआ? क्या बात है? क्या सेठ ने पैसा नहीं दिया?"

"पैसा दिया है।" उसने अपनी जेब से नोट निकालकर जमीला की तरफ़ हाथ बढ़ाया।

"तब क्या बात है? गिरवर भाई से कुछ कहा-सुनी हो गई क्या?"

जमीला को अच्छी तरह मालूम था कि कभी-कभी उसके आदमी और गिरवर भाई में कहा-सुनी हो जाती है।

"नहीं।" उसने कहा।

जमीला की आँखें उसकी उदासी की वजह समझने की कोशिश करती रहीं लेकिन कुछ समझ में न आया।

रात जब बच्चे सो गए और दोनों लेटे तो जमीला ने फिर पूछा, "आज कुछ न कुछ हुआ ज़रूर है।"

काफी देर तक तो वह छुपाता रहा फिर बोला, "सब कह रहे हैं, मैं ढाँचा हो गया हूँ।"

जमीला की आँखें हैरत से फट गईं।

उसने कहा, "अरे अच्छे-ख़ासे गोश्त-पोस्त के आदमी हो। ढाँचा कहाँ हो?"

वह बोला, "सब यही कह रहे हैं कि मैं ढाँचा हूँ—आदमी नहीं—।"

"वे सब झूठ बोल रहे हैं।"

"पता नहीं झूठ बोल रहे हैं कि सच बोल रहे हैं—पर वे मुझे ढाँचा मानते हैं।"

"यह तो बड़ी अजीब बात है—काम पर से निकालने का बहाना तो नहीं?"

"नहीं ऐसा नहीं है।"

"फिर?"

"काम तो कहते हैं जितना कर सकते हो करो, पैसा लेते रहो—पर तुम ढाँचा हो—आदमी नहीं हो।"

"कहने दो—उनके कहने से क्या होता है।"

"कहते हैं तुम ढाँचा हो तो तुम्हारी औरत भी ढाँचा है, तुम्हारे बच्चे भी ढाँचा हैं।"

"वाह यह अच्छी रही—उनके कहने से हम सब ढाँचा हो जाएँगे?"

जमीला से बातचीत करने के बाद उसे कुछ इत्मीनान हुआ और वह अच्छी नींद सोया।

अगले दिन सुबह उठा तो काम पर जाने से पहले ही बड़कू स्कूल से लौट आया।

"क्या बात हो गई, स्कूल से क्यों भाग आया?" उसे देखते ही जमीला चिल्लाई।

"भाग नहीं आया, निकाल दिया सर ने।"

"क्यों क्या स्कूल का काम पूरा नहीं किया था?"

"काम तो पूरा किया था।"

"फिर क्यों निकाल दिया? कोई बदमाशी की होगी।"

"नहीं कोई बदमाशी भी नहीं की।"

"फिर क्यों निकाल दिया सर ने?"

"कहा, तुम ढाँचा हो—ढाँचा पढ़ नहीं सकता।"

उसे और जमीला को बड़ी हैरानी हुई। अभी कल तक तो बड़कू स्कूल जाया करता था। अचानक ढाँचा कैसे बन गया?

वह बड़कू के साथ स्कूल गया। सर जी से बात की तो सर जी ने यही कहा कि बड़कू तो ढाँचा है। ढाँचा कैसे पढ़ सकता है? बड़कू का नाम स्कूल से कट गया है।

वह तो काम पर चला गया पर जमीला मोहल्ले के वकील साहब के पास पहुँच गई और उन्हें पूरी बात बताई। कहा कि स्कूल पर मुकदमा कर दीजिए। उन्होंने मेरे बेटे का नाम काट दिया है।

वकील ने कहा, "देखो ढाँचा तो अदालत में जा नहीं सकता। तुम और तुम्हारा आदमी ढाँचा है। ढाँचे को न्याय मिलने का कोई सवाल ही नहीं है क्योंकि वह आदमी ही नहीं है।"

जमीला इलाके के एमएलए के पास गई और उन्हें पूरी बात बताई। यह भी कहा कि हम आप को ही वोट देते हैं। हमारे साथ यह अन्याय हो रहा है। हमें ढाँचा बताते हैं।

एमएलए ने कहा, "देखो वोट देनेवाली बात तो भूल जाओ। अब तुम लोग वोट नहीं दे पाओगे।"

"क्यों?"

"ढाँचे वोट नहीं देते—वैसे मुझे तुमसे हमदर्दी है—पर यह तुम्हारी ग़लती है कि तुम ढाँचा बन गए।"

जमीला ने कहा, “हमें क्या पता था कि हम ढाँचा बन जाएँगे। हमसे पूछकर तो किसी ने हमें ढाँचा बनाया नहीं।”

एमएलए ने कहा, “देखो पूछ कर ढाँचे नहीं बनाए जाते। बहरहाल अब तुम जाओ और ढाँचा बन जाने से समझौता कर लो।”

जमीला घर आ गई। दोपहर को खाना-वाना खाने के बाद मोहल्ले की औरतें आने लगीं। पड़ोसन ने कहा, “बहिनी हमें बहुत दुख है कि तुमरा परिवार ढाँचा बन गया।”

रामदीन की अम्मा बोली, “बड़कू की अम्मा, कौनो बात होय तो बताना—संकोच न करना।”

“हम तो पड़ोसी हैं दीदी—पड़ोसी का धर्म निभाएँगे।” बच्चू सिंह की लड़की बोली।

जमीला की आँखों में आँसू आ गए। उसने धोती के कोने से आँसू पोंछे और बोली, “आप ही लोगों का तो सहारा है।”

वह शाम को घर आया तो बहुत डरा हुआ था। कुछ लोगों से उसकी लड़ाई हो गई थी। सिर में चोट लगी थी।

“वे लोग तो मुझे घेर कर मार डालना चाहते थे। कह रहे थे, ढाँचे की हत्या पर कोई सज़ा नहीं मिलती—ढाँचा कोई आदमी थोड़ी है।”

जमीला ने उसका सिर धोया तो लाल ख़ून निकलने लगा।

जमीला ने कहा, “देखो तुम्हारे तो ख़ून निकल रहा है। तुम ढाँचा कहाँ हो? ढाँचा होते तो लाल-लाल ख़ून न निकलता।”

चूहेदान

मेरे घर में चूहे बहुत हो गए थे। काफ़ी नुकसान पहुँचाते थे। न सिर्फ़ अपना पेट भरते थे बल्कि हमारे पेट पर लात मारते थे। मतलब यह कि हमारा जीवन मुश्किल में कर दिया था। श्रीमती जी से सलाह हुई और उन्होंने कहा कि चूहों को पकड़ने के लिए एक चूहेदान ले आओ। मैं बाज़ार गया और एक बड़ा चूहेदान ले आया। अब धीरे-धीरे चूहे उस चूहेदान में आने लगे। लेकिन मुश्किल यह हो गई कि उस चूहेदान से उनको बाहर कैसे निकाला जाए और फिर क्या किया जाए? यह बात हमारी समझ में नहीं आई थी। तो हुआ यह कि चूहेदान भरता चला गया और उसमें बहुत ज़्यादा चूहे आ गए।

फिर क्या हुआ कि चुनाव आ गए। चुनाव मतलब इलेक्शन। तय पाया कि चुनाव में सब वोट देंगे। मतलब घर में जो भी है वह वोट देगा। तब चूहों ने भी वोट दिए।

चुनाव का नतीजा यह निकला कि बहुमत के कारण चूहे चुनाव जीत गए। और फिर क्या था। वे चूहेदान से बाहर निकल आए। उनके हाथ में सत्ता आ गई और उन्होंने सबसे पहले यह पता लगाया कि उन्हें चूहेदान में किसने बन्द किया था? तब उन्हें मेरे बारे में पता चला और उन्होंने आदेश दिया कि लोकतंत्र की सुरक्षा के लिए मुझे चूहेदान में बन्द कर देना चाहिए।

अब चूहे लोकतंत्र चला रहे हैं और मैं चूहेदान में बन्द हूँ।

चादर

सीधे, शरीफ़, मेहनती, पढ़े-लिखे और ईमानदार आदमी को न नौकरी मिल रही थी, न कोई काम। वह अपनी परेशानी का कारण खोज रहा था कि एक दिन, किसी पीपल के पेड़ के नीचे नहीं, बल्कि बस स्टॉप पर उसे ज्ञान प्राप्त हो गया। वह समझ गया कि उसकी परेशानी का कारण उसकी शराफ़त और ईमानदारी की चादर है। उसने झटपट अपनी चादर को उतार कर बस स्टॉप पर रखना चाहा तो आवाज़ आई, "नहीं-नहीं यह मत करो। अगर तुमने यह चादर यहाँ रख दी तो कभी कोई बस यहाँ नहीं रुकेगी।"

शरीफ़ आदमी ने घबराकर चादर उठा ली।

शरीफ़ आदमी आगे बढ़ा। उसने देखा फुटपाथ पर एक लंगड़ा भिखारी भीख माँग रहा है। शरीफ़ आदमी ने अपनी चादर लंगड़े भिखारी पर डालनी चाहिए। लंगड़ा भिखारी पी.टी. उषा की रफ़्तार से भागा और चिल्लाने लगा, "एक पैसे की भीख नहीं मिलेगी अगर यह चादर तुमने मेरे ऊपर डाल दी।"

शरीफ़ आदमी ने चादर एक खजहे कुत्ते पर डालना चाही तो कुत्ता उछलकर भागा और बोला, "मुझे कुत्ता ही रहने दो। अब इसके ज़्यादा तो मैं गिर नहीं सकता। चादर मेरे ऊपर न डालो।"

शरीफ़ आदमी ने सोचा, यह चादर धर्मगुरु तो ज़रूर ले लेंगे। वह चादर लेकर मन्दिर और मस्जिद पहुँचा तो उसे दूर से ही देखकर धर्मगुरु इधर-उधर खिसकने लगे।

जब वह बुरी तरह तंग आ गया तब उसने सोचा कि देश की सबसे

बड़ी अदालत में इस मामले को ले जाना चाहिए। वह अदालत गया। वहाँ बताया गया कि बिना किसी वकील के मुकदमा पेश नहीं हो सकता। वह वकीलों के पास गया तो वकील कई सौ मीटर से चादर की गन्ध सूंघ लेते थे और इनकार में उनकी गर्दन हिलने लगती थी।

उसे मालूम था कि देश में एक सब से ऊँची संस्था है। वह सर्वोच्च संस्था पहुँचा। गेट पर पास बनानेवालों ने उसका पास बनाने से इनकार कर दिया। उन्होंने कहा, "तुम यह चादर लेकर अन्दर नहीं जा सकते।"

शरीफ़ आदमी ने कहा, "तो तुम चादर ले लो।"

पास बनानेवाले ने कहा, "मेरे ऊपर कृपा करो। सर्विस के दस-बारह साल रह गए हैं। लड़की की शादी करनी है। लड़के को विदेश भेजना है। चादर ले ली तो मैं कहीं का न रहूँगा।"

शरीफ़ आदमी सदन के अन्दर आ गया। चादर देखकर सभी सदस्य हड़बड़ाकर भागे। पक्ष और विपक्ष के सदस्य एक साथ खड़े हो गए।

शरीफ़ आदमी ने कहा, "मैं यह चादर सदन को देने आया हूँ।"

उन लोगों ने कहा, "क्या चाहते हो सदन की सारी कार्रवाई रुक जाए? ऐसा नहीं हो सकता। हमारे ऊपर देश और जनता की सेवा करने की ज़िम्मेदारी है जिसे हम पूरा करके रहेंगे। यह चादर तुम ले जाओ।"

शरीफ़ आदमी ने कहा, "इसके कारण मेरी ज़िन्दगी बर्बाद हो गई।"

सदन ने कहा, "हम जानते हैं इस चादर में कुछ ऐसे वायरस हैं जिनका कोई इलाज नहीं है।"

"तो मैं क्या करूँ?" शरीफ़ आदमी ने कहा।

एक समझदार जनप्रतिनिधि बोला, "यह जो सत्यमेव जयते लिखा हुआ है इसके ऊपर अपनी चादर डाल दो।"

शरीफ़ आदमी ने सत्यमेव जयते पर चादर डाल दी। एक ज़ोर विस्फोट हुआ। एक बम जैसा फटा। सदन में सन्नाटा छा गया और फिर ठहाके गूँजने लगे।

'हम सब बच गए', का शोर उठा।

(एक पुरानी कहानी का फेसबुक रूपांतरण)

लोकतंत्र का मंत्र

फाइव स्टार रिज़ॉर्ट में किसी तरह की कोई तकलीफ़ न थी। हर-हर सेकंड पर जनप्रतिनिधियों का ध्यान रखा जा रहा था। यह माना जा रहा था कि घर से इतनी दूर एकान्त में जनप्रतिनिधि दरअसल तपस्या कर रहे हैं और इस तपस्या का फल सभी को अवश्य ही मिलेगा।

जनप्रतिनिधियों पर विरोधियों की निगाह उसी प्रकार गड़ी हुई थी जिस तरह शिकार पर शेर की निगाह गड़ी होती है। विरोधी दल ने जनप्रतिनिधियों को तोड़ने के लिए इतना ज़्यादा पैसा ऑफ़र कर दिया था कि जनप्रतिनिधियों के पैर लड़खड़ा गए थे और डर था कि वे कहीं टूट न जाएँ। उनके पैरों को साबुत बनाए रखने के लिए यहाँ ले आया गया था। फिर भी यह डर था कि कहीं जनप्रतिनिधियों को लेकर विरोधी हवा न हो जाएँ। इसलिए जनप्रतिनिधियों की सुरक्षा का भी पूरा ध्यान रखा जा रहा था। बाथरूम तक में सीसीटीवी लगा दिए गए थे और हाईकमान को यह पता चल रहा था कि जनप्रतिनिधि दाहिने हाथ का प्रयोग करते हैं या बाएँ हाथ का।

इतनी कड़ी व्यवस्था होने के बाद भी एक रात एक जनप्रतिनिधि ग़ायब हो गया। हाहाकार मच गया। ख़तरे की घंटियाँ बजने लगीं। हाईकमान ने सख़्ती से पूछा, "क्या मामला है? क्या कमी है जो एक जनप्रतिनिधि रात में भाग गया?" पूछने पर पता चला कि दरअसल प्रतिनिधि उस खाने से परेशान हैं जो उन्हें यहाँ दिया जा रहा है। वे अपने प्रदेश का खाना खाना चाहते हैं। बस इतना पता चलना था कि चार्टर्ड प्लेन से रसोइयों की पूरी टीम और खाने का सामान, मसाले, बर्तन और पता नहीं क्या-क्या रिज़ॉर्ट पहुँच गया।

जनप्रतिनिधियों को उनके प्रदेश का स्वादिष्ट खाना मिलने लगा। वे बहुत प्रसन्न हो गए। उन की ख़ुराक बढ़ गई। शरीर में ख़ून की मात्रा बढ़ गई। शरीर में ज़्यादा ताक़त आ गई। उन्हें अँगड़ाइयाँ आने लगीं। वे हवा में मुक्के चलाने लगे। यह सब देखकर हाईकमान बहुत ख़ुश था। लेकिन एक रात फिर दुखद घटना घट गई। मतलब एक प्रतिनिधि ग़ायब हो गया। यह तो बहुत अधिक चिन्ता की बात थी। हाईकमान ने कहा कि अब बताया जाए कि प्रतिनिधियों को किस बात की कमी है। काफ़ी खोजबीन के बाद पता चला कि जनप्रतिनिधि अच्छा खाने और पीने के बाद अब दूसरी एक बड़ी प्राकृतिक आवश्यकता 'मिस' कर रहे हैं। हाईकमान ने आदेश दिया कि फ़ौरन जनप्रतिनिधियों की पत्नियों को रिज़ॉर्ट भेज दिया जाए। चार-चार बच्चों की माताएँ, अधेड़ उम्र, मोटी-ताज़ी जनप्रतिनिधियों की पत्नियाँ जब रिज़ॉर्ट पहुँचीं तो उन्हें देखकर जनप्रतिनिधि ग़ुस्से से पागल हो गए और लगभग विद्रोह जैसा कर दिया। तब हाईकमान की समझ में बात आई और हाईकमान ने पत्नियों को वापस भेज कर विदेशों से अप्सराएँ मँगाईं और जनप्रतिनिधियों को सौंप दी गईं। तब कहीं जाकर शान्ति स्थापित हुई।

कुछ दिन तक तो सब ठीक-ठाक चलता रहा लेकिन एक दिन- फिर पता चला की एक जनप्रतिनिधि ग़ायब हो गया है। यह तो बहुत गम्भीर मामला था इसलिए हाईकमान ने एक बड़ी सिक्योरिटी कम्पनी को हायर किया। उस कम्पनी ने कहा कि प्रतिनिधि भाग न जाए इसके लिए हर प्रतिनिधि को एक 'माइक्रोचिप' लगवाना चाहिए। प्रतिनिधियों को जब यह बताया गया कि उनको माइक्रोचिप लगाया जाएगा तो वे घबरा गए। उन्हें यह पता न था कि माइक्रोचिप क्या होता है। उन्हें समझाया गया कि यह एक इलेक्ट्रॉनिक ज़ंजीर होती है। यदि वे भागने की कोशिश करेंगे तो उन्हें 'शॉक' लगेगा और वे भाग नहीं पाएँगे। सबकी तशरीफ़ों में एक एक माइक्रोचिप लगा दिया गया।

कुछ दिन बाद रिज़ॉर्ट से किसी पत्रकार ने यह ख़बर भेजी कि चार जनप्रतिनिधि ग़ायब हो गए हैं। हाईकमान ने सोचा कि जब और कोई सहारा नहीं रहता तो अध्यात्म से बल मिलता है। क्यों न किसी आध्यात्मिक गुरु से

बात की जाए। खोजते-खोजते उन्हें एक ऐसा चमत्कारी बाबा मिला जिसने यह दावा किया कि वह जनप्रतिनिधियों को पाला बदलने से रोक सकता है। जब उससे पूछा गया है कि वह ऐसा किस प्रकार करेगा तब उसने कहा कि वह जनप्रतिनिधियों का रूप बदल देगा। मतलब जनप्रतिनिधि कुछ और बन जाएँगे जैसे बकरी बन जाएँगे या खरगोश बन जाएँगे और समय आने पर उन्हें फिर जनप्रतिनिधि बना दिया जाएगा। यह बात हाईकमान को बहुत पसन्द आई और चमत्कारी बाबा को रिज़ॉर्ट पहुँचाया गया।

रिज़ॉर्ट में उस समय जनप्रतिनिधि और कुछ पत्रकार डाइनिंग हॉल में खाना खा रहे थे। उन्हें देखकर बाबा ने कहा कि इन लोगों को तो केवल कुत्ता बनाया जा सकता है। अगर आप कहें तो हम एक मंत्र द्वारा इन्हें कुत्ता बना सकते हैं और जब वोट देने का समय आएगा तब फिर इन्हें जनप्रतिनिधि बना दिया जाएगा। हाईकमान ने कहा कि ठीक है। बाबा ने मंत्र पढ़ा और सभी जनप्रतिनिधि कुत्ता बन गए लेकिन पत्रकार कुत्ता नहीं बने। हाईकमान ने बाबा से पूछा कि मंत्र का प्रभाव पत्रकारों पर क्यों नहीं पड़ा तो बाबा ने कहा, मंत्र आदमी को कुत्ता बनाता है, कुत्ते को कुत्ता नहीं बनाता।

कुछ दिनों बाद जब वोट देने का समय आया और यह ज़रूरत पड़ी कि कुत्तों को फिर जनप्रतिनिधि बनाया जाए तो चमत्कारी बाबा को ढूंढ़ा गया। बाबा अपने घर पर नहीं मिला, मोहल्ले में नहीं मिला, शहर नें नहीं मिला, कहीं नहीं मिला। बहुत तलाश की गई लेकिन बाबा का कोई पता न चला।

जनप्रतिनिधि कुत्ते के कुत्ते रह गए। पर उन्होंने 'फ़्लोर टेस्ट' में हाथ उठाए। बहुमत सिद्ध किया। सरकार बनाई और आजकल वही सरकार चला रहे हैं।

जन्नत का मंज़र

(संवाद कथा)

"मुझे जन्नत में सबसे बड़ा बँगला और सबसे सुन्दर हूर मिलना चाहिए।"

"क्यों?"

"मैं 72 काफ़िरों को मारकर आया हूँ।"

"काफ़िरों मैं कौन थे?"

"मतलब?"

"मतलब, काफ़िर ईंट-गारे के थे या घास-फूस के या रोबोट?"

"जी काफ़िर भी मेरी तरह हाड़-मांस के इनसान थे।"

"उन्हें किसने बनाया था?"

"जी सारी कायनात अल्लाह ने बनाई है—उन्हें भी अल्लाह ने बनाया।"

"जिसको अल्लाह ने बनाया उसे मारने का हक तुम्हें किसने दिया?"

"ज—ज—जी—!"

"अल्लाह के बन्दों को मारने के बाद तुम्हें क्या मिलना चाहिए?"

"जी मौलवी साब ने तो बताया था काफ़िरों को मारने से जन्नत मिलती है।"

"तो जाओ मौलवी साब से ही ले लो।"

गांधी का पुतला

(दस कहानियाँ)

1

गांधी के पुतले को यह समझकर गोली मारी गई थी कि पुतले को मारी जा रही है। लेकिन गोली गांधी को लगी।

पुतले के पीछे से गांधी निकल आए। गोली मारनेवालों ने कहा यह तो हमारे लिए बहुत ख़ुशी की बात है कि गोली असली गांधी को लगी है। पर चिन्ता की बात यह है कि अगले साल जब हम पुतले को गोली मारेंगे तो उसके पीछे से गांधी कैसे निकलेगा।

गांधी ने कहा, "तुम चिन्ता मत करो हर साल तुम पुतले को गोली मारना और हर साल उसके पीछे से गांधी निकलेगा।"

2

गांधीजी के पुतले को जब गोली मारी गई और ख़ून बहने लगा तो अचानक सभा में कर्नल डायर (Colonel Reginald Edward Harry Dyer 1864-1927) आ गया। उसके चेहरे से ख़ुशी फूटी पड़ती थी। उसने अंग्रेज़ी में गोली मारनेवालों से कहा, "वेल डन। जो काम हमारा पूरा साम्राज्य नहीं कर सका वह काम तुम लोगों ने कर दिया है। हम तुम्हारे बड़े आभारी हैं। अगर कभी कोई काम हो तो बताना।"

डायर के पीछे-पीछे ऊधम सिंह भी आ गए थे पर उन्हें कोई देख नहीं पाया।

3

गांधी के पुतले पर गोली चलानेवालों ने सोचा कि उन्हें अधिक प्रामाणिक होना चाहिए। इतिहास बताता है की गोली लगने के बाद गांधी ने 'हे राम' कहा था, इसलिए गोली चलानेवाले ने अपनों में से किसी आदमी से कहा कि गांधी के पुतले पर गोली लगते ही वह हे राम बोले। हे राम बोलनेवाला तैयार हो गया।

गोली चली, गांधी के लगी, ख़ून बहा लेकिन हे राम कहनेवाला, हे राम न बोल सका। वह केवल हे-हे करता रह गया।

4

गांधी के पुतले पर गोली चली। पुतला गिर गया और देखा गया कि पुतले के पीछे तो तमाम लोगों की लाशें पड़ी हैं।

पहचानने की कोशिश की गई तो पता चला कि वे चम्पारन के किसानों की लाशें हैं।

5

गांधी के पुतले को जब गोली मारी गई तब एक देववाणी हुई। आकाश से आवाज़ आई—अरे मूर्खो पुतले को क्या मार रहे हो। मारना ही है तो गांधी की आत्मा को मारो।

मारनेवालों ने कहा—आत्मा क्या होती है हमें नहीं मालूम।

देववाणी ने कहा—आत्मा तो सबके अन्दर होती है। तुम लोग भी अपनी आत्मा को खोज कर देखो।

उन्होंने कहा—हमें नहीं मिलती। हम सौ साल से खोज रहे हैं।

6

गांधी को गोली मारनेवालों ने सोचा कि पुतले को कब तक गोली मारेंगे क्यों न उन लोगों को गोली मारी जाए जिन्होंने फिल्मों और नाटक में गांधी के रोल किए हैं। बस यह ख़याल आना था कि वे आनन-फानन उन सब को पकड़ लाए जिन्होंने गांधी के रोल किए थे।

उनसे कहा गया—तुम्हें गोली मार दी जाएगी क्योंकि तुम गांधी बने थे।

उन्होंने कहा—ठीक है लेकिन हमें गोली मारनेवाले गोडसे होंगे न—क्या उन्हें फाँसी पर लटकाया जाएगा?

7

पहले तो मीडिया की यह हिम्मत ही नहीं पड़ रही थी कि वह इस विवाद में शामिल हो। जब एक पत्रकार ने चैनल के मालिक से इस बारे में बात की तो मालिक पर उसकी प्रतिक्रिया यह हुई कि उसकी कुर्सी फट गई। मतलब कुर्सी में छेद हो गया। मालिक ने कहा, "इस छेद के अन्दर झाँककर देखो। तुम्हें इसमें अपना भविष्य दिखाई देगा।" पत्रकार ने छेद में झाँका और वास्तव में उसका भविष्य दिखाई दिया दिया।

चैनल के मालिक ने कहा, "अब तुम अगर इस मामले में कुछ करना ही चाहते हो तो स्वर्ग में जाकर गांधी जी का इंटरव्यू करो।" पत्रकार गांधी जी के पास स्वर्ग में जा पहुँचा। गांधी जी बैठे चरखा कात रहे थे। उनसे पत्रकार ने पूछा, "महात्मा जी आप के पुतले को गोली मारी गई है। आपको कैसा लग रहा है?"

गांधी जी ने कहा, "मुझे बड़ा अच्छा लग रहा है।"

पत्रकार ने पूछा, "अच्छा क्यों लग रहा है?"

गांधी जी ने कहा, "इसलिए कि पहले उन्होंने एक निहत्थे को गोली मारी थी। और अब उन्होंने एक पुतले को गोली मारी है। उन्होंने यह साबित कर दिया है कि वे उसे गोली कभी नहीं मारेंगे जिसके हाथ में कोई हथियार होगा।"

8

गांधी जी से स्वर्ग में बताया गया कि आपको गोली मारनेवाले आपको अपना शत्रु मानते हैं। गांधी जी ने कहा, "इसमें आश्चर्य की कोई बात नहीं।"

पत्रकार ने पूछा, "आपको कैसा लग रहा है महात्मा जी?"

गांधी जी बोले, "मुझे अच्छा लग रहा है।"

पत्रकार ने पूछा, "क्यों?"

गांधी ने कहा, "इसलिए कि अंग्रेज़ भी मुझे दुश्मन मानते थे—मेरे दुश्मनों को एक दोस्त मिल गया है।"

9

गांधी के पुतले को गोली मारनेवालों से पूछा गया कि आप गांधी को गोली क्यों मार रहे हैं? वे तो बहुत पहले मार दिए गए थे।

गांधी के पुतले को मारनेवालों ने कहा, "सब को यही भ्रम है।"

"फिर?"

"गांधी को गोली तो ज़रूर मारी गई थी पर वह मरा नहीं था।"

"ये आप क्या कह रहे हैं?"

"हम सच कह रहे हैं।"

"तो फिर?"

"हम लगातार मार रहे हैं। पर वह मरता ही नहीं। अगले साल फिर मारेंगे।"

10

गांधी का पुतला बनानेवाले ने बहुत मेहनत से पुतला बनाया। जब पूरा पुतला तैयार हो गया तो उसने पुतले को चश्मा पहना दिया।

पुतले को गोली मारनेवाले उत्तेजित हो गए। उन्होंने कहा, "यह चश्मा उतारो। गांधी को चश्मा नहीं पहनाना है।"

पुतला बनानेवाले ने कहा, "वे तो चश्मा पहनते थे।"

उन्होंने कहा, "पहनते थे और यही तो सबसे बड़ी बुराई थी।"

"चश्मे से क्या बुराई? उससे तो साफ़ दिखाई देता है।"

"हाँ हम नहीं चाहते कि पुतले को कुछ साफ़ दिखाई दे। चश्मा हमें दे दो। इस चश्मे से बड़े काम लेना है।"

"क्या काम लेना है?"

"इसके दोनों शीशों को घिसना बाक़ी रह गया है।"

लेनिन मूर्ति संवाद

1

लेनिन की मूर्ति तोड़ तो दी गई लेकिन फिर सवाल पैदा हुआ कि उसे कहाँ फेंका जाए? काफ़ी बहस होती रही। हील-हुज्जत होती रही। जब कुछ तय न हो सका तो लेनिन की टूटी हुई मूर्ति ने कहा, "मुझे वहीं फेंक दो जहाँ हज़ारों साल से टूटी हुई मूर्तियाँ फेंकी जाती रही हैं।"

2

लेनिन की मूर्ति तोड़ तो दे गई लेकिन फिर बहस होने लगी कि मूर्ति किसने तोड़ी है। सब लोग अपना-अपना दावा पेश करने लगे। किसी ने कहा, मैंने तोड़ी है। किसी ने कहा, मैंने तोड़ी है। बड़ी बहस शुरू हो गई जो लात-जूते में बदल गई क्योंकि लेनिन की मूर्ति तोड़नेवाले का शानदार 'कैरियर' सामने था।

जब यह तय न हो पाया कि लेनिन की मूर्ति किसने तोड़ी है तो लेनिन की टूटी हुई मूर्ति ने कहा, "तुम लोगों ने नहीं, मेरे लोगों ही ने मेरी मूर्ति तोड़ी है।"

3

लेनिन की मूर्ति जब तोड़ी जा रही थी तो मूर्ति के चेहरे पर मुस्कराहट आ गई। कुछ देर बाद मूर्ति हँसने लगी।

तोड़नेवालों को बड़ी हैरानी हुई। उन्होंने पूछा, "आप क्यों हँस रहे हैं? आपको तो तोड़ा जा रहा है।"

मूर्ति ने कहा, "तुम लोग मेरी पसन्द का काम कर रहे हो।"

तोड़नेवालों ने कहा, "कैसे?"

लेनिन बोले, "मैं जीवन भर यही करता रहा हूँ।"

4

लेनिन की मूर्ति ने अपने तोड़नेवालों से सवाल किया।

मूर्ति ने कहा, "तुम लोग किसकी मूर्ति तोड़ रहे हो?"

लोगों ने कहा, "लेनिन की।"

मूर्ति ने कहा, "मेरा पूरा नाम क्या है जानते हो?"

तोड़नेवालों ने कहा, "अरे हमें अपने-अपने नाम नहीं मालूम, आपका नाम क्या जानेंगे।"

5

लेनिन की टूटी हुई मूर्ति ने तोड़नेवालों से पूछा, "तुम लोग सिर्फ़ तोड़ते हो या या कुछ जोड़ भी सकते हो?"

उन लोगों ने कहा, "जोड़ने का काम हमारा नहीं है।"

मूर्ति ने पूछा, "जोड़नेवाले कहाँ हैं?"

तोड़नेवालों ने जवाब दिया, "वे उधर बैठे हैं।"

"क्यों उधर क्यों बैठे हैं?" मूर्ति ने पूछा

तोड़नेवालों ने कहा, "हमने इतना तोड़ दिया है कि अब उनकी समझ में नहीं आ रहा कि क्या-क्या जोड़ें।"

6

मूर्ति ने तोड़नेवालों से पूछा, "तुम मूर्ति के अलावा और क्या-क्या तोड़ सकते हो?"

तोड़नेवालों ने कहा, "बहुत कुछ तोड़ सकते हैं। जिसे भी नापसन्द करते हैं, जो हमें पसन्द नहीं है उसे हम तोड़ देते हैं। बड़ी-बड़ी इमारतें तोड़ देते हैं। ज़िन्दा लोगों को तोड़ देते हैं। और तो और हम मुर्दा लोगों को तोड़ देते हैं। हमसे अच्छा यह काम और कोई नहीं कर सकता।"

मूर्ति ने पूछा, "क्या तुम जोड़ना भी जानते हो?"

तोड़नेवालों ने कहा, "ये क्या होता है?"

7

मूर्ति ने अपने गिरानेवालों से पूछा, "यह बताओ क्या संसार के दूसरे देशों में भी मूर्तियाँ तोड़ी जा रही हैं?"

मूर्ति गिरानेवाले प्रसन्न हो गए।

उन्होंने कहा, "यह पवित्र काम तो सारे संसार में हो रहा है।"

मूर्ति ने पूछा, "कौन-कौन कर रहा है?"

मूर्ति गिरानेवालों ने कहा, "जो-जो कर रहे हैं, सब हमारे भाई हैं।"

8

मूर्ति तोड़नेवालों ने मूर्ति से पहला सवाल किया, "तुम्हें कोई बचाने क्यों नहीं आ रहा?"

मूर्ति ने जवाब दिया, "अगर वे अपने आपको बचा पाएँगे तो मुझे बचाने आएँगे।"

9

मूर्ति ने अपने तोड़नेवालों से पूछा, "आप लोगों को मुझसे इतनी घृणा थी तो आपने मुझे पहले क्यों नहीं तोड़ा?"

मूर्ति तोड़नेवालों ने कहा, "विरोध का डर था।"

मूर्ति ने पूछा, "आप विरोध को पसन्द नहीं करते?"

तोड़नेवालों ने कहा, "बिलकुल नहीं, हम विरोध और विरोधियों को पसन्द नहीं करते। हम वीर हैं। हम अपनी शक्ति वहीं दिखाते हैं जहाँ कोई विरोध नहीं होता।"

10

लेनिन की मूर्ति ने पूछा, "तुम लोग मूर्तियों के अलावा और क्या-क्या तोड़ोगे?"

उन्होंने कहा, "हम तोड़ने में एक्सपर्ट हैं। जो चाहेंगे तोड़ देंगे।"

लेनिन की मूर्ति ने कहा, "तुम सब कुछ तोड़ सकते हो लेकिन लोगों का हौसला नहीं तोड़ सकते।"

राजन की चिन्ताएँ

1

राजन : राजगुरु हम बहुत परेशान हैं।
राजगुरु : क्यों राजन?
राजन : हत्याएँ बहुत हो रही हैं।
राजगुरु : राजन क्या आप चाहते हैं कि हत्याएँ न हों।
राजन : नहीं राजगुरु!
राजगुरु : फिर आप क्या चाहते हैं राजन?
राजन : हत्याओं की चर्चा न हो।

2

राजन : राजगुरु हम बहुत परेशान हैं।
राजगुरु : क्यों राजन क्या बात है?
राजन : हमारे राज में बेरोज़गारी बहुत बढ़ गई है।
राजगुरु : तो क्या राजन चाहते हो, बेरोज़गारी ख़त्म हो जाए?
राजन : नहीं, हम नहीं चाहते हैं।
राजगुरु : तो राजन क्या चाहते हो?
राजन : बेरोज़गारी की चर्चा न हो।

3

राजन : हम बहुत परेशान हैं राजगुरु।

राजगुरु : क्यों राजन क्या बात है?

राजन : राज में महँगाई बहुत बढ़ गई है। राज के साहूकार बड़ा मुनाफ़ा कमा रहे हैं।

राजगुरु : तो राजन आप चाहते हैं कि बड़े साहूकार बड़ा मुनाफ़ा न कमाएँ?

राजन : नहीं-नहीं! राजगुरु हम चाहते हैं कि साहूकार बड़ा मुनाफ़ा कमाएँ।

राजगुरु : हे राजन फिर समस्या क्या है?

राजन : समस्या यह है कि लोग इसे समझ रहे हैं।

4

राजन : राजगुरु हम बहुत परेशान हैं।

राजगुरु : क्यों राजन क्या बात है?

राजन : हम इतिहास में अमर हो जाना चाहते हैं राजगुरु।

राजगुरु : वह तो आप हो ही गए हैं राजन!

राजन : हमें लगता है राजगुरु अभी इतिहास में हमें जगह नहीं मिली है।

राजगुरु : क्यों राजन ऐसा क्यों लगता है?

राजन : इतिहास में भीड़ बहुत है। सारी जगहें भर गई हैं। कोई सीट ख़ाली नहीं है।

राजगुरु : एक रास्ता है राजन।

राजन : क्या?

राजगुरु : इतिहास में जो लोग जमे बैठे हैं उन्हें वहाँ से हटाया जाए।

राजन : पर यह कैसे किया जाएगा राजगुरु?

राजगुरु : यह तो बहुत सरल काम है राजन।

राजन : कैसे?

राजगुरु : हमें कुछ चोरों की आवश्यकता पड़ेगी राजन।

राजन : चोरों की? चोर क्या करेंगे?

राजगुरु : चोर ही सब कुछ करेंगे राजन।

राजन : क्या?

राजगुरु : इतिहास में जो लोग जमे बैठे हैं उनकी कोई प्रिय चीज़ लेकर कोई चोर भागेगा।

राजन : क्या चीज़?

राजगुरु : जैसे चश्मा या चरखा या वास्कट या चूड़ीदार पैज़ामा—चोर लेकर भागेगा।

राजन : तो उससे क्या होगा?

राजगुरु : निश्चित रूप से वे चोर का पीछा करेंगे।

राजन : फिर?

राजगुरु : फिर उनकी कुर्सियाँ ख़ाली हो जाएँगी जिन पर आप आराम से बैठ जाएँगे।

5

राजन : हमें कुछ शब्द पसन्द नहीं है राजगुरु।

राजगुरु : कौन से शब्द राजन?

राजन : ग़रीबी, बेरोज़गारी, भुखमरी, विरोध, शिक्षा ये सब हमें प्रसन्द नहीं। इनका क्या किया जाना चाहिए?

राजगुरु : मेरे विचार से इनकी हत्या कर देना चाहिए।

राजन : बहुत सही कह रहे हो राजगुरु। लेकिन कैसे?

राजगुरु : मैं एक-एक शब्द को पकड़ कर लाता हूँ। आप उसे गोली मारते चले जाइए।

राजन : हाँ ठीक है सबसे पहले ग़रीबी को लाओ।

ग़रीबी को गोली मार दी गई। बेरोज़गारी को गोली मार दी गई। विरोध को गोली मार दी गई। गोली मारते-मारते राजन का निशाना चूक गया। एक गोली राजगुरु को लगी। राजगुरु मर गए और जिन शब्दों की हत्या की गई थी वे सभी जीवित हो गए।

असग़र वजाहत

5 जुलाई, 1946 को उत्तर प्रदेश के फतेहपुर में जन्मे असग़र वजाहत ने अलीगढ़ मुस्लिम विश्वविद्यालय से हिन्दी में एम.ए., पीएच.डी. और जवाहरलाल नेहरू विश्वविद्यालय, दिल्ली से पोस्ट डाक्टोरल रिसर्च की। 1971 से 2011 तक जामिया मिल्लिया इस्लामिया विश्वविद्यालय, दिल्ली के हिन्दी विभाग में अध्यापन किया। पाँच वर्षों तक ओत्वोश लोरांड विश्वविद्यालय, बुडापेस्ट, हंगरी में भी पढ़ाया। यूरोप और अमेरिका के कई विश्वविद्यालयों में व्याख्यान दिए।

पाँच कहानी-संग्रह, तीन उपन्यास, एक उपन्यास त्रयी, दो लघु उपन्यास, दस नाटक, एक नुक्कड़ नाटक-संग्रह और यात्रा-संस्मरण की चार पुस्तकों सहित दो दर्जन से अधिक पुस्तकें अब तक प्रकाशित हो चुकी हैं। उनकी रचनाएँ कई भारतीय और विदेशी भाषाओं में अनूदित हो चुकी हैं। 'बीबीसी हिन्दी', 'हंस' और 'वर्तमान साहित्य' के विशेषांकों का अतिथि सम्पादन भी किया। फ़िल्मों के लिए पटकथाएँ लिखने के अलावा धारावाहिक और डॉक्यूमेंटरी फ़िल्में भी बनाई हैं।

चित्रकला और पर्यटन में गहरी रुचि है।

साहित्यिक अवदान के लिए 'कथा यूके सम्मान', हिन्दी अकादेमी, दिल्ली के 'शलाका सम्मान', 'स्पन्दन कथा शिखर सम्मान', व्यास सम्मान जैसे प्रतिष्ठित सम्मान-पुरस्कार।

इन दिनों स्वतंत्र लेखन।

सम्पर्क : awajahat45@gmail.com